VIEUX ROMANS

JEUNES AMOURS.

Paris. — Imprimerie de Dubuisson et Cie, rue Coq-Héron, 5.

VIEUX ROMANS

JEUNES AMOURS

PAR

D'EBERSTEIN.

PARIS,
IMPRIMERIE DE DUBUISSON ET Ce,
RUE COQ-HÉRON, 5.

—

1855

VIEUX ROMANS

JEUNES AMOURS

PAR

D'EBERSTEIN.

PREMIERE PARTIE.

I.

Le comte de Cerneux, riche et sans héritiers, se rattachant à d'affectueux souvenirs de sa première jeunesse, avait voulu renouer des relations avec la famille de Varency, à laquelle il tenait par sa mère, et qu'il avait perdue de vue depuis bien longtemps.

Il ne restait de cette ancienne maison que Mlle Marthe de Varency et sa nièce Alix, habitant toutes deux un petit manoir au fond du Berry.

Les détails recueillis sur Alix ayant encouragé la curieuse bienveillance du comte, M. de Cerneux avait résolu, de concert avec sa femme, de surprendre la jeune fille dans sa solitude : tous deux devaient aller lui offrir de vive voix leur paternelle protection, et juger par eux-mêmes de l'effet que produirait sur cette enfant un changement de position si peu attendu.

M. de Cerneux était mort avant l'époque fixée pour ce

voyage. Il avait nommé Alix dans son testament. Quelque temps après, la comtesse de Cerneux écrivait à Mlle Marthe.

Dans cette lettre, Mme de Cerneux, tout en exprimant son regret de ne pouvoir quitter sa résidence, témoignait un vif désir de connaître sa jeune parente, et de remplir le vœu de son mari, — vœu qui était aussi le sien, — en rendant une mère à l'orpheline. Elle demandait à Mlle Marthe de Varency son consentement au prochain départ de sa nièce, et l'engageait à l'accompagner.

Mlle Marthe ayant trouvé mille raisons, ou mille prétextes, pour se dispenser du voyage, Mme de Cerneux avait envoyé à Varency une personne de confiance chargée de lui amener Alix.

Environ six semaines s'étaient écoulées depuis cette journée si remarquable dans la vie de la jeune fille, — cette journée où, après avoir quitté sa modeste couchette dépourvue de rideaux, passé une très simple robe d'indienne, et couru au jardin pour cueillir de sa main mignonne une salade qui devait composer le second service de son frugal dîner, Mlle de Varency avait reçu, sous la forme banale d'une lettre, une dot de trois cent mille francs.

Le jour du départ d'Alix était arrivé.

Les parfums des arbres, qui jetaient au vent leurs fleurs printanières, embaumaient la chambre de l'orpheline. La lumière jouait capricieusement entre les poutres apparentes du plafond de cette pièce, et mettait en relief les inégalités du sol grossièrement carrelé. Sur ces carreaux on voyait deux malles, et sur trois chaises de paille, seuls siéges de cette espèce de cellule, deux cartons et une caisse.

Une femme, qui achevait de fermer cette caisse, interrompait fréquemment cette besogne qui paraissait lui être peu familière, pour porter à ses yeux rougis le coin de son tablier. Un domestique à rustiques allures, dont la morne physionomie était d'accord avec ce muet chagrin, s'apprêtait à charger une malle sur son épaule.

A quelques pas de ces deux individus, Alix de Varency, en habit de voyage, et occupée devant une glace à nouer un frais ruban rose autour de sa collerette, semblait ne faire aucune attention à ce qui se passait autour d'elle.

Ce n'est pas que Mlle de Varency fût captivée par la contemplation d'elle-même plus qu'il ne convient à une aimable fille de vingt ans. Non. Elle ne faisait qu'obéir à l'irrésistible instinct qui dirige toute créature, au moment où elle va se trouver aux prises avec le nouveau et l'inconnu. Elle cherchait à s'entourer de toutes les espérances qui pouvaient lui donner du courage pour se présenter seule, et ignorante de la vie, au seuil de ce monde qui allait s'ouvrir pour elle.

Et comme, en dépit d'une foule de lieux communs fort sensés d'ailleurs, il est à peu près reconnu que rien ne donne plus d'aplomb à une femme qu'un joli visage, Alix essayait très sérieusement de se rendre compte des avantages de sa personne. Elle s'examinait comme elle eût examiné une autre femme, — ce qui devait tout naturellement maintenir son indulgence dans des limites convenables.

Cependant, quelle que fût sa sévérité envers elle-même, Alix finit par reconnaître que ses grands yeux noirs frangés de longs cils, son nez régulier, sa bouche un peu large mais souriante et fine, ses dents blanches, la coupe délicatement arrondie de ses joues, et la fraîcheur rosée de sa peau de satin, — rappelaient, à s'y méprendre, quelques-unes des plus gracieuses figures copiées par son crayon ou par son pinceau.

Quand le nœud rose fut ajusté, et l'inspection faite en conscience, Alix ne put s'empêcher, malgré les regrets du départ, de laisser un sourire effleurer ses lèvres ; — mais lorsqu'elle eut aperçu, en se retournant, les grosses larmes qui sillonnaient les joues de Gertrude, elle sentit un nuage sur ses yeux.

— Sois donc raisonnable, ma pauvre Gertrude, dit-elle en jetant ses bras autour du cou de la vieille fille.

— Raisonnable! — Quand on voit s'en aller une enfant qu'on a tenue dans ses bras! — Et si loin! — Et peut-être pour ne plus revenir!

— Je reviendrai. Je reviendrai bientôt.

— Oh! que non. Vous ne songerez plus à nous au milieu de toutes ces nouveautés. — Mais voilà que j'oublie d'aller ranger les effets dans la voiture. Marchez devant, Baptiste ; je vous suis.

Alix, restée seule dans l'embrasure de la fenêtre, regarda vaguement les touffes blanches et roses des arbres du jardin ; puis elle se mit à rêver comme on rêve à vingt ans, lorsque la pure lumière qui s'alimente au foyer du cœur, n'ayant encore pâli sous aucun souffle malsain, fait resplendir tout ce qu'elle touche.

Mais bien que l'aimable enfant se sentît heureuse d'être belle, et ne vît pas arriver sans impatience le moment où on le lui dirait, elle n'appelait point sur son horizon, jusque-là si vide, les folles et scintillantes images des scènes de dissipation et de bruit. Ses aspirations vers l'inconnu, qui, pour la jeunesse, est toujours le bonheur, avaient quelque chose de grave et de tendre comme ses premiers souvenirs.

Ces souvenirs à peine distincts, mais ineffaçables, lui montraient le gracieux visage de sa mère à côté de la mâle figure de M. de Varency. Alix revoyait, comme à travers le voile d'un songe, ces deux êtres bien aimés, vivant l'un pour l'autre, puis vivant tous deux pour leur fille. Elle retrouvait dans sa mémoire, avec un ravissement d'enfant et de femme, ce tableau de calme et suprême bonheur.

Après un quart d'heure de rêverie, — il ne faut pas plus d'un quart d'heure à vingt ans pour dérouler une vie entière, — Mlle de Varency quitta sa chambre et suivit un long corridor au bout duquel était une porte entr'ouverte.

Elle frappa. Une femme d'environ soixante ans, petite et pâle, dont toute la personne offrait le contraste d'une timidité un peu gauche et d'une remarquable distinction native, s'approcha de la jeune fille et lui ouvrit affectueusement les bras.

Cette femme était Mlle Marthe de Varency.

II.

Mlle Marthe, sœur unique du père d'Alix, était venue au monde sans dot. Destinée au cloître dès sa naissance, mais n'ayant pu s'abriter dans cet asile dont les grilles étaient tombées, Marthe avait vécu dans la profonde solitude du manoir paternel,— perdu dans les terres, — pauvre depuis des siècles,— et complètement ruiné par la Révolution.

Comprenant d'instinct l'impossibilité de se marier, vu son beau nom et sa misère, Marthe, qui se trouvait d'ailleurs sous l'indulgente protection d'un vieil oncle et comptait avec raison sur l'attachement d'un excellent frère, avait aimé sa maison avec une tendresse de plante grimpante, et n'avait jamais éprouvé ces amers découragemens si communs aux filles qui ne trouvent pas leur place dans le monde.

Le manque absolu de distractions eût cependant fini par élargir outre mesure, autour de la jeune recluse, ce vide effrayant toujours favorable aux atteintes de l'ennui, si Marthe, en paraissant accomplir un devoir, n'eût trouvé l'infaillible moyen de remplir ses longues journées.

Marthe aimait la lecture. L'oncle ayant deviné, avec le flair particulier aux égoïstes, le goût naissant de sa nièce, avait trouvé tout simple de l'exploiter à son profit. Le vieux chevalier aimait fort à écouter lire,— des romans surtout! — sa vue baissait! Il pensa que les yeux de sa nièce étaient au monde pour remplacer les siens.

Il investit donc la jeune fille des fonctions de lectrice, et s'abonna au cabinet de lecture de la ville la plus proche, afin que son passe-temps favori et quotidien ne manquât jamais d'aliment.

Il faut rendre cette justice au chevalier, qu'il assura le repos de sa conscience en exerçant une convenable inspection sur les livres qu'on lui expédiait, et qu'il n'hésita jamais à se priver des piquans récits qui auraient pu lui rappeler sa légère jeunesse, dès qu'il s'agissait d'éloigner de Marthe une page immorale ou licencieuse.

Alors commença, pour la jeune et simple créature, une existence toute factice, une vie d'émotions passionnées n'ayant d'autre aliment que des scènes illusoires. Dans cette activité flottante de l'imagination, et dans ce repos du cœur, Marthe vit passer rapidement les heures, les jours, les années.

Quand l'hiver amenait ses nuits interminables, quand la pluie, la neige, la bise faisaient clore toutes les portes, confinaient chacun près du foyer, empêchaient le vicaire ou le médecin de village de venir faire une partie de piquet avec le chevalier de Varency, — rien ne manquait au bonheur de Marthe.

Dans ces soirées bienheureuses, le vieil oncle, après avoir humé son café que Marthe préparait avec un succès remarquable, s'enfonçait douillettement dans son fauteuil, posait ses pieds sur les chenets, ouvrait sa tabatière, prisait deux ou trois fois en regardant briller la flamme que Marthe s'empressait d'aviver, puis passait les doigts dans la chevelure de la jeune fille, et disait d'un air malicieux :

— Tu n'as pas envie de lire ce soir ?

— Oh! mon oncle! répondait Marthe en sautant sur les genoux du vieillard.

— Va chercher ton livre.

— Je ne le trouve pas.

— Cherche bien.

— Vous l'avez caché !

— Vraiment oui. Tu aurais lu la fin !

— Que vous êtes méchant, mon bon oncle!

Et Marthe courait appeler Gertrude.

Gertrude était une jeune fille qui avait commencé par travailler comme lingère au château, et avait fini par s'y établir. Marthe, qui lui avait appris à lire et à écrire, ne pouvait plus se passer d'elle.

L'ouvrière venait avec empressement prendre sa part de feu, de lumière, et surtout d'émotions.

Quand le chevalier s'était réjoui de quelques prises de tabac, et que Gertrude avait déplié son ouvrage, Marthe ouvrait son livre, puis elle lisait, lisait toujours, avec une poitrine héroïque, — jusqu'au moment où les inflexions monotonément attendries de sa voix fermaient enfin les yeux de son oncle.

Alors seulement les jeunes filles se livraient à la vivacité de leurs impressions : alors se croisaient, avec une incroyable rapidité de langue et de gestes, les « comment? » les « pourquoi? » les « hélas! » les « peut-être! » — toutes les interjections du doute, de la haine, de la peur, de l'espoir, — les éclats de rire et les averses de larmes.

Car le chevalier interdisait despotiquement toutes les observations, — d'abord parce qu'elles brisaient le fil de la fable, — ensuite parce qu'elles retardaient ce sommeil plein de béatitude que devait infailliblement provoquer une lecture d'aussi longue haleine, peu assujétie aux repos de la ponctuation qu'on regardait comme du temps perdu.

Cette lecture se prolongeait toujours au-delà de onze heures, — quelquefois même jusqu'à minuit.

A cette heure solennelle, où les fantômes qui se respectent se devraient à ceux qui les comprennent, Marthe et Gertrude jetaient, de temps à autre, des regards effarés du côté de la porte, ou des regards d'inquiétude sur le chevalier dont elles redoutaient le réveil.

L'oncle finissait effectivement par se réveiller. Il se frottait les paupières, étendait les bras, toussait, se mouchait, bâillait avec bruit, et rapprochait ses pieds des braises mourantes.

— J'ai un peu dormi, n'est-ce pas?

— Un quart d'heure au plus, mon oncle.

— Qu'est devenue Viola? On doit l'avoir retrouvée?

— Mon Dieu, non. — Si nous lisions encore ces deux pages? — Voulez-vous, bon petit oncle?

— Lis. J'aurai le temps de me réchauffer.

On lisait quatre pages; on finissait le chapitre; mais on ne retrouvait pas l'héroïne, qui se promenait obstinément dans le souterrain.

— Ce monstre! s'écriait Gertrude. Où l'aura-t-il mise? Il l'a peut-être enterrée vivante?

— Nous saurions tout dans le chapitre suivant, reprenait Marthe en regardant son oncle de côté. Il n'est pas long ce chapitre.

— Es-tu folle? répondit le chevalier en se levant; il fait froid, et je tombe de sommeil. Allons nous coucher, petite. — Mlle Viola ferait très bien de nous imiter.

III.

Le chevalier mourut. Marthe le pleura sincèrement, — et lut plus que jamais pour se consoler de sa perte.

Elle lut désormais sans contrôle; mais, soutenue par de hauts principes, et douée d'une pudeur de sensitive, elle se détourna constamment, avec un dégoût instinctif, de ce qui eût porté la moindre atteinte à cette suprême délicatesse d'âme et d'habitudes.

Elle n'affronta même qu'avec une grande méfiance la littérature, si positive, hélas! de notre époque. Ces peintures du monde réel, même les plus chastes et les plus réservées, lui paraissaient quelque chose de monstrueusement inintelligible; — si bien qu'effarouchée de l'aspect, si nouveau pour elle, sous lequel on osait lui présenter la vie, elle s'était bien vite réfugiée sous la protection des idéales figures qui avaient bercé sa jeunesse, et s'était rejetée avec délices dans toutes les impossibilités de l'imagination et du cœur.

Qui pourrait énumérer les gracieux ou terribles fantômes qui défilèrent devant Mlle de Varency pendant ces longs hivers renouvelés quarante fois? — Que de Charles, d'Henri, d'Edouard, d'Edmond, d'Arthur, d'Alfred, d'Oscar, d'Alphonse lui apportèrent le tribut de leur brûlant et platonique hommage! — Que d'Emilie, d'Amélie, de Julie, d'Herminie, de Clara, de Rosa, de Cécilia, de Maria lui sourirent sympathiquement au clair de la lune! — Combien de martyrs de l'amour, intrépidement fidèles! combien de couples innocens, calomniés et persécutés, passèrent sous les yeux toujours humides de la sensible fille!

Quelle tendre prédilection elle éprouva surtout pour ces longues histoires de la pâle Albion! — ces histoires dont les tissus robustes peuvent supporter de si lourds ornemens!— ces piles de volumes qui flattent l'amour-propre du lecteur en lui prouvant la haute idée que les auteurs ont eue de sa patience!

Mlle Marthe n'avait jamais négligé son occupation favorite, pas même à l'époque où le château avait eu l'aspect d'un nid de famille remuant, gazouillant et joyeux, — alors que M. de Varency, son frère, ayant pris femme et quitté le service, était venu mener la vie de gentilhomme campagnard sous le toit de ses aïeux, et jouir d'une considération séculaire en dépit de l'exiguité de son revenu.

IV.

M. de Varency devenu veuf, et n'ayant jamais été complètement au fait des manies de sa sœur, eut un moment la pensée de confier sa fille à Mlle Marthe, jusqu'à l'âge de treize ou quatorze ans.

Mais, en observant d'un œil plus attentif ce caractère faussé, dont la bonté naturelle avait dégénéré en sensiblerie, — cette imagination vive détournée de sa voie, et ne se passionnant que pour des joies ou des douleurs imprimées,—cette activité d'esprit ne s'exerçant plus que sur un va-et-vient factice, et resserrant la vie réelle dans un cercle étouffant d'habitudes tyranniques et immuables. — M. de Varency avait craint d'exposer sa fille, encore enfant, à une intimité dangereuse, et il l'avait mise dans un couvent assez éloigné.

Marthe n'avait point été blessée de la décision de son frère, ce dernier lui ayant laissé croire qu'elle faisait un sacrifice en se séparant de sa nièce. Pour les gens romanesques, un sacrifice est une position!

Marthe, d'ailleurs, aimait peu les enfans.

M. de Varency étant mort deux ans après sa femme, et Alix ne devant finir son éducation qu'à dix-huit ans, Mlle Marthe avait eu plus que jamais recours à la lecture pour attendre patiemment l'époque où sa nièce viendrait au château.

Quand elle vit arriver cette jeune fille aux yeux limpides et au frais sourire, elle songea aussitôt, la bonne tante Marthe! à lui ouvrir ce qu'elle appelait sa bibliothèque.

Alix, privée de toute distraction, et ne connaissant, en fait de litterature récréative, que les Contes de M. Bouilly, trouva d'abord un charme extrême à feuilleter les abondantes élucubrations des âmes trop tendres, qui ont éparpillé de si beaux sentimens en si médiocre français.

Le bon goût d'Alix avait été cependant bientôt las de cette fade et peu substantielle pâture de l'intelligence. — Alix ayant même découvert quelques livres de choix dans une armoire fermée depuis la mort de M. de Varency, les avait lus avec une saine et profitable ardeur.

Mais il n'était guère possible à cette enfant isolée de se soustraire complètement aux impressions de ses premières lectures, et à celles que lui laissaient chaque jour ses entretiens avec sa tante. Alix ne pouvait briser, par le simple effort de son bon sens naturel, le prisme continuellement placé entre le monde et son regard.

Sans avoir d'ailleurs pour sa tante la déférence qu'eût semblé commander son âge, Alix l'aimait. Elle se sentait attirée vers elle par cet instinct qui entraîne les jeunes imaginations vers toute poésie. — Car la vieille fille était une poésie vivante et attrayante!

Qui n'eût subi l'influence de cette pâle et douce figure, toujours gracieuse, inoffensive et ignorante du mal, — marchant à l'écart de la vie sans frôler d'un pli de sa robe blanche aucune de ses réalités, — gardant précieusement son nom comme une relique, et ne s'étant jamais enivrée que des chastes parfums de ses rêves ?

V.

La chambre de Mlle Marthe avait un aspect à la fois monastique et mondain qui attirait et captivait l'attention.

Les murs de cette pièce étaient blancs, ornés de quelques tableaux fanés dont plusieurs portaient les traces de brutales déchirures. Un grand Christ en ébène décorait la cheminée au coin de laquelle deux fauteuils couverts de brillantes guirlandes, ouvrage d'Alix, renversaient leurs dossiers confortables en faisant ressortir la simplicité presque rustique des autres meubles. Le lit, garni de soyeux et amples rideaux, dénonçait une couche d'une moëlleuse recherche, tandis que les fenêtres sans persiennes et sans draperies laissaient flotter librement sur le carreau, qui n'avait jamais relui sous la brosse du frotteur, l'ombre mouvante des rameaux d'un tilleul voisin.

Sur quelques tables boiteuses, alignées contre les murs, on voyait de vieilles boîtes, des pelotes, d'antiques paniers à ouvrage, — le tout rangé avec une symétrie qui excluait toute pensée d'imprévu. Sur des étagères, dans le coin le plus obscur de la pièce, se trouvaient, fraternellement confondus, quelques livres pieux, et les romans de prédilection de Mlle Marthe.

Au moment où Alix entrait dans la chambre, elle vit, sur un guéridon placé entre les deux fauteuils, une cafetière fumante, un vase plein de crème, quelques tranches de pain rôti, et un appétissant morceau de beurre.

— Que vous êtes bonne, ma tante ! — A quelle heure avez-vous donc quitté votre lit pour préparer notre café ?

— Au petit jour.

— Vous vous endormez ordinairement si tard ! Vous serez malade !

— Je voulais déjeuner avec toi...

La main d'Alix serra tendrement celle de Mlle Marthe.

— Pauvre petite! reprit cette dernière.—Qui fera ton café là-bas?

— Je m'en passerai probablement.

— Oui. Tu auras cinq ou six plats à ton déjeuner.—Et tu oublieras notre petite table au soleil, le café de ta vieille tante et le bon lait de nos vaches.

— Oh! je n'oublierai rien.—Mais je renoncerai facilement au café, puisque je n'aurai plus le vôtre.

— N'y renonce pas, mon enfant; n'y renonce pas. Il n'y a que le café, vois-tu, pour remonter les nerfs.

Gertrude entra, et posa sur la table une galette toute chaude.

— Encore une surprise, dit Alix. Mais tu n'as donc pas dormi du tout, ma bonne?

— Est-ce que j'aurais seulement pu me coucher? balbutia Gertrude en s'efforçant de retenir ses larmes.

—Assieds-toi là, près de moi, reprit Alix avec un sourire filial; tu vas déjeuner avec nous. Vous permettez, ma tante?

—Gertrude n'a jamais besoin de permission : elle est de la famille.—Chère nièce, continua Marthe, puisque tu ne pars que dans deux heures, déjeunons, et causons à notre aise : on est à merveille au coin de ce petit feu, et sous ce rayon qui commence à chauffer.

— Oui, ma tante. — Et cependant..., si vous aviez voulu venir avec moi?... J'aurais été si heureuse de ne pas arriver seule chez Mme de Cerneux!

Marthe secoua la tête.

—Non, mon enfant, dit-elle; non, c'est plus fort que moi. Je suis comme la mousse de mes vieux grès; j'appartiens à ces pierres.—Elles ne sont pas miennes, cependant : tu peux les vendre un de ces jours.

— Oh! ma tante! que dites-vous donc? N'êtes-vous pas ici chez vous, tout à fait chez vous?

— Vraiment? tu me laisseras mourir ici, chère petite? C'est que je l'aime tant ce pauvre vieux coin! J'aime jusqu'à son air délabré : ça lui va. Regarde ce portrait de notre vieil oncle. Vois comme ces enragés de terroristes l'ont percé à jour. Eh bien! je ne voudrais pas même qu'il fût restauré,— de peur qu'on ne vînt toucher à un souvenir.

—Soyez tranquille; tout ici vous appartient.—Et puisque

vous ne voulez pas m'accompagner, vous me recevrez souvent chez vous.

— Mais reviendras-tu, chère enfant? Cela dépendra-t-il de toi? Ton mari...

— Je ne suis pas encore mariée; je n'y songe point: j'ai le temps d'attendre et de choisir.

— Choisir! Ah! mon enfant, voilà le difficile, répliqua Marthe! — surtout lorsqu'on est riche! — mais, continua-t-elle d'un air rêveur et en regardant au plafond, je pourrais peut-être, moi, te donner quelques conseils. Je connais le monde. J'ai tant lu!

— Conseillez-moi, ma tante.

— Ecoute, ma chère nièce. Avec ton nom, ta fortune, ton esprit, ta beauté...

— Vous m'aviez promis des conseils, interrompit Alix en embrassant Marthe.

— Oui, ta beauté, reprit cette dernière, — car tu es belle, fort belle! — Quand je te regarde, il me semble voir cette miss Amanda, avec ses grands yeux! — Tu sais bien, Gertrude: Amanda, ou les Enfans de l'Abbaye.

— Pour ça non, mademoiselle. Toutes ces miss ont des figures longues et des cheveux « carotte ».

— Tu ne sais ce que tu dis, Gertrude. Les Anglaises sont les plus jolies des héroïnes de roman. — Mais, au fait, Alix ressemblerait plutôt à Emilie des *Mystères d'Udolphe....*, à moins qu'Emilie ne fût blonde? — Etait-elle blonde, Gertrude?

— Je ne l'assurerais pas, répondit celle-ci après un moment de réflexion.

— Vous me gâtez horriblement, chère tante, dit Alix. Je n'ai pas la prétention de ressembler à de si charmantes personnes. — Vite, vos bons avis, de grâce.

— D'abord tu n'auras qu'à choisir dans la foule des prétendans.

— Vous m'avez dit que ce serait difficile.

— D'autant plus difficile que tu ne seras pas maîtresse de ton choix.

— Comment cela, ma tante?

— C'est toujours le premier coup d'œil qui décide. C'est un attrait, une sympathie secrète, un certain « je ne sais quoi... » qui fait aimer un visage sans aucune raison.

— Comment choisir, alors? Vous m'effrayez.

— Tant mieux! — car c'est tout d'abord qu'il faut avoir peur et se tracer une ligne de conduite, — conserver sa liberté,— juger cet être qui attire, qui fascine malgré soi...

— Mais s'il fascine, comment faire?

— Cacher son émotion; — redoubler de réserve à l'égard de l'homme qu'on étudie. — Si, après de longues observations, il paraît digne du sentiment involontaire qu'il vous inspire, — on l'encourage... quelque peu... très peu; c'est assez d'un regard fugitif... d'un demi-mot. Un silence bien ménagé, par exemple! voilà le meilleur moyen d'être comprise sans se compromettre! — Je l'employai... une fois!...

Ici la tante Marthe s'arrêta court, et sa joue brilla d'un incarnat passager.

— Continuez donc, ma tante, dit curieusement Alix. Je me doutais d'un petit secret de cœur; — mais je n'aurais pas osé demander vos confidences.

— Tiens, regarde! reprit Marthe avec une pudeur émue qui faisait sur son visage l'effet d'un soleil de novembre sur les dernières grâces des champs.

Et, ouvrant une mignonne boîte en écaille placée sur sa chiffonnière, la vieille fille en retira quelques violettes desséchées.

Puis, baissant la voix, et montrant une allée du jardin :

— C'était là, dit elle,... auprès de ce rosier blanc. — Nous étions seuls. — Il faisait beau comme aujourd'hui. — Il respira longtemps,... longtemps,... le parfum de ces violettes;... puis il me les offrit.

— Son nom?

— J'ai juré de ne jamais le prononcer. — Qu'il te suffise de savoir qu'il valait le mien.

Et la tante Marthe releva la tête avec fierté.

— Ce monsieur eut donc des torts envers vous, ma tante?

— Des torts énormes! inqualifiables!

— Si cela ne vous est pas trop pénible, racontez-moi donc cette histoire.

— Elle n'est pas longue; — mais je ne l'ai jamais oubliée!... — C'était le 3 avril de l'année 18... — Il vint ici voir ton père qui s'était trouvé avec lui en garnison. — Il resta jusqu'au samedi 24.

— Il vous fit la cour?

— Avec autant de passion que de respect.

— Des aveux?...

— Pas si hardi! — Ce fut à peine s'il m'adressa la parole. — Il ne quittait pas mon frère qui était encore garçon.

— Comment vous fit-il connaître ses sentimens?

— Par les moyens que j'employais moi-même.... la réserve.... le silence. — Il ne se permit que l'offre de ces violettes, discrets emblèmes de ses pensées.

— Pas d'autres preuves?...

— Eh!... c'était assez clair.

— Et ensuite?

— Il prit congé.

— Sans explication?

— Il me fit un salut... que je n'oublierai de ma vie. Il saluait avec tant de grâce! — Puis il eut un entretien avec ton père.

— Enfin! — Et que lui dit-il?

— Il parla culture, fabriques, bâtisse, que sais-je? — le tout pour en venir à ses fins.

— Quelles fins, ma tante? — Je suis d'une impatience!..

— Il lui dit en le quittant: « Que vous êtes heureux, mon cher Varency, d'avoir sauvé de la bagarre cette petite propriété! Vous vous marierez bientôt, et vous vivrez ici tranquillement. Quant à moi, je n'ai plus le sou; je ne puis songer à prendre femme; mes enfans mourraient de faim! — « Conçois-tu cette manière inouïe de rompre un engagement?

— Mais, ma tante...

— Est-ce que tu vas lui donner raison?

— Je ne dis pas cela. — Et pourtant, que pouvait-il faire?

— Confier son amour à son ami; — me faire passer par mon frère ses protestations de fidélité; — tenter la fortune; — attendre le bonheur dix ans, vingt ans, s'il le fallait!... — Mais n'en parlons plus: ces souvenirs font mal!... — Je voulais te prouver seulement que le silence est un infaillible moyen de se faire comprendre.

— Et... quand on est comprise?...

— On est maîtresse de la position, et on la garde le plus longtemps possible... cinq ou six ans au moins. On met l'heureux mortel à toutes sortes d'épreuves, et,... s'il en sort vainqueur.... Eh bien!... on lui permet d'espérer.

— D'espérer... seulement?

— C'est une façon de s'exprimer. On n'a pas plus tôt autorisé l'amour par un regard, une parole, que la prosaïque affaire du mariage est mise aussitôt sur le tapis. Ces hommes sont d'un exigence!...

— Mais, si celui qui m'aura plu n'attendait pas cinq ou six ans?... S'il voulait savoir à quoi s'en tenir?...

— C'est qu'il ne serait pas digne d'être aimé.

— Et alors?...

— Alors, tout est fini; on rompt.

Il y eut une pause.

— Ma tante, reprit Alix; mon père et ma mère s'étaient-ils connus longtemps avant leur mariage?

— Trois mois environ, répondit Marthe avec une légère nuance de dédain.

— Ils s'aimaient beaucoup, cependant. Lorsqu'ils me caressaient ensemble, ils se regardaient et souriaient toujours. Ils paraissaient très heureux.

Marthe hocha la tête.

— Heureux, soit. Ils ne se quittaient guère, et ils avaient grand besoin l'un de l'autre. Mon pauvre frère ne put même jamais se remettre du chagrin d'avoir perdu sa femme, qui mourut, tu le sais, en te donnant une sœur.

— Morte aussi! murmura Alix avec tristesse.

— Oui, continua Marthe, ils s'aimaient sans doute, mais ce n'était pas là du véritable amour,—de l'amour tel que je l'aurais compris.—Jamais regards passionnés,... de soupirs d'impatience,... —d'inégalités d'humeur...

— Ma tante! Est-ce que je ne ferais pas bien de me contenter du bonheur de ma mère?

— Hélas! qui sait mon enfant? Dans le temps où nous vivons!... — Mais je crains que tu ne tiennes des Varency,... de moi surtout,... que tu ne sois trop sensible!...

On vint annoncer que la voiture était prête. Alix pâlit un peu, et jeta autour d'elle un regard d'inquiétude et de mélancolie qui vint se perdre dans le regard désolé de Gertrude: Mlle Marthe se leva, et serra longtemps sa nièce contre sa poitrine avec une émotion véritable; Alix lui rendit son affectueuse caresse avec un tendre abandon.

Au bout de quelques secondes, Marthe se dégagea des bras d'Alix, recula de quelques pas avec une certaine dignité, puis, étendant une main pendant qu'elle portait son mouchoir à ses yeux :

— Ma nièce, dit-elle d'une voix pleine de larmes ; chère fille de mon bien-aimé frère ; — au nom de tes parens, je te bénis.

Alix inclina sa jolie tête devant sa tante, lui baisa la main, et se releva les joues baignées de pleurs.

Le visage de Gertrude était inondé.

Le domestique, arrêté sur le seuil de la porte, sanglotait à grand bruit.

— Adieu, ma tante, ma chère tante, murmura doucement Alix.

Quand la jeune fille fut partie, Marthe se tourna vers Gertrude.

— Les adieux ont été à merveille, n'est-ce pas ? Quelle belle scène ! Je croyais la lire !

VI.

Mme de Cerneux et Mlle de Varency vivaient ensemble depuis dix-huit mois environ.

Il n'est pas de contours assez délicats, de teintes assez douces pour ces deux figures si poétiques : « La femme à son déclin portant, sur un visage aimable encore, les grâces toujours fraîches de l'esprit et du cœur; la jeune fille naïve et belle, hasardant un regard ébloui et craintif vers un avenir lumineux : — l'une indiquant avec sollicitude les difficultés d'un chemin dont elle a déjà parcouru la moitié; l'autre s'abandonnant, avec une docilité reconnaissante, à cette expérience protectrice. »

Comment donner une idée de ces relations exceptionnelles entre la femme qui avait longtemps désiré une fille, et la fille qui regrettait depuis longtemps sa mère ? Comment exprimer les intimes douceurs de cette affection mutuelle qui, née d'hier, conservait les formes coquettes d'une amitié de salon, et avait déjà la tendre sécurité d'un sentiment de famille ?

On ne comptera donc pas les heures de ces journées si rapides et si bien remplies; on ne répètera rien de ces leçons ingénieuses données et reçues entre une caresse et un sourire; on dira seulement que Mme de Cerneux compléta l'éducation d'Alix d'une manière à la fois sérieuse et charmante; — qu'elle sut initier son élève à tous ces adorables riens qui composent l'attrayante personnalité d'une femme du monde, et n'effaça point chez elle le cachet de simplicité originale résultat des premières impressions de sa vie.

VII.

Un matin, Mme de Cerneux parut lire avec intérêt une lettre qu'elle venait de recevoir.

— Ma chère Alix, dit-elle, j'aurai bientôt le plaisir de vous présenter mon neveu.

— Lequel ? répondit Alix.

Puis elle rougit, car elle savait que Mme de Cerneux n'avait d'autre parent que M. de Sourdun.

La rougeur est l'expression indiscrète de la vérité ; c'est sans doute pour corriger cette expression compromettante, que les jeunes filles se permettent si souvent le mensonge des lèvres. L'observateur n'écoute pas; il regarde.

La comtesse regarda donc Mlle de Varency du coin de l'œil, puis répondit avec un parfait sang-froid :

— René de Sourdun, mon neveu à la mode de Bretagne, est tout ce qui reste de ma famille.

— N'est-il pas dans la diplomatie?

— Il y était ; mais la nostalgie nous le rend. Il vient se fixer dans ses terres, planter ses choux, et nous faire bonne compagnie.

— Il restera... toujours ?

— Je l'espère. Je le désire surtout.

— Vous ressemble-t-il ? demanda encore Alix après une pause, et avec une inflexion de voix pleine d'affectueuse flatterie.

— Voilà une manière bien aimable d'avoir son portrait, répondit la comtesse en embrassant Alix; mais vous ne m'y prendrez pas, chère petite curieuse : je serais d'ailleurs fort empêchée de vous donner mon opinion sur M. de Sourdun. Je ne sais trop ce que j'aime le mieux de ses qualités ou de ses défauts.

Mlle de Varency n'avait pas renouvelé ses questions. Mais comment porter seule un tel poids de curiosité?

Sur ces entrefaites, elle reçut une lettre de sa tante : cette dernière n'écrivait guère que trois fois par an ; mais la longueur de ses épîtres compensait leur rareté ; la vieille fille épanchait son âme en volumes.

Pendant la première année de l'absence d'Alix, le style épistolaire de Mlle Marthe avait offert un mélange de tendresse et de compassion, de surprise et de vague mécontentement, qui laissait percer, à travers des périphrases polies, cette plainte de plus en plus amère :

« Pourquoi Mlle de Varency, jeune, belle, riche, digne de tous les hommages, — est-elle confinée à la campagne?

Sans tenir compte des réponses d'Alix, qui alléguait le deuil de Mme de Cerneux comme seule raison d'une si longue retraite, Mlle Marthe avait ensuite demandé les plus minutieux renseignemens sur les noms, prénoms, qualités, fortunes, âges et tournures des quelques heureux qui pouvaient prétendre à la main de sa nièce.

Mlle de Varency n'avait pu donner aucune satisfaction aux curiosités de sa tante ; elle n'avait pu lui parler que de ses lectures, de ses pinceaux, de ses romances, de ses fleurs, des rares et insignifians visages qui traversaient sa solitude.

Si bien que les lettres d'Alix, où débordait de chaque ligne cette joie calme et limpide qui a sa source au meilleur coin de l'âme, ne laissait dans l'esprit de tante Marthe que des souvenirs sans émotion et sans couleur.

La dernière missive de la vieille fille provoquait enfin une réponse positive à des insinuations qu'on paraissait ne pas vouloir comprendre.

« Ma chère nièce, écrivait-elle, je suis toujours émer-
» veillée du ton badin et du tour aisé de ton style, ainsi que
» de la correction de ton écriture. Il faut que tu aies un sin-
» gulier empire sur toi-même pour ne jamais rencontrer
» sous ta plume la moindre exclamation !... pour ne pas
» laisser quelque ligne inachevée !... pour ne pas donner,
» en un mot, le plus léger signe de la préoccupation à la-
« quelle tu dois être en proie !...—Ce n'est pas naturel, mon
» enfant. Tu te fais violence. Tu me caches quelque chose.
» — Confie-toi à la sœur de ton père. Il y a sûrement un

» nom... un nom... qui t'intéresse ?... que tu oses à peine te
» répéter bien bas..., bien bas.... lorsque tu es seule ?..: —
» Dis-le moi...; dis-le moi. »

Mlle de Varency rit d'abord de ces lignes, et n'eut garde de les montrer à Mme Cerneux.

Mais le besoin d'expansion qu'elle éprouvait la rendit plus sensible que de coutume à l'appel fait à sa confiance.

Alix répondit donc de suite à Mlle Marthe.

Sa lettre fut longue. Le nom de René y était répété plus de vingt fois, accompagné de réflexions interrogatives sur la couleur des yeux et les qualités de l'âme de celui qui le portait, — sur la grâce présumée de sa tournure, la séduction probable de ses manières, le son de sa voix ?... Trois portraits de pure imagination échappèrent même à la plume d'Alix.

Huit petites pages furent ainsi bientôt remplies par la jeune fille dont la main courait sur le papier comme la pensée vers l'avenir ; huit pages aux lignes menues, serrées, croisées en tous sens, — telles qu'on se plaît à les envoyer à ceux dont les yeux nous lisent par cœur, — telles qu'on se plaît à les recevoir quand on ne trouve jamais long le temps employé à déchiffrer des pensées qu'on devine et qu'on aime.

La lettre d'Alix était un de ces innombrables et mystérieux chefs-d'œuvre éclos spontanément à la pure chaleur des premiers rayons qui dorent les imaginations des jeunes filles. C'était une gracieuse confusion d'espiègleries presque enfantines et de souriantes mélancolies, de souvenirs encore en fleur et d'illusions près de s'épanouir, de sentimens vrais et de raisonnemens naïvement faux.

« Que ma bonne tante sera contente de lire tout cela ! » se dit Alix en finissant.

Puis elle reprit sa plume, et ajouta ces mots, les seuls qui eussent à peu près le sens commun, ou du moins quelque rapports avec la vie réelle :

« Celui dont je vous parle, ma chère tante, est le seul pa-
» rent et l'héritier de Mme de Cerneux ; ce double titre va
» l'exposer aux mauvaises chances de l'intimité : je le verrai
» presque tous les jours, et, malgré ses habitudes de diplo-
» mate, il ne saura pas tous les jours mentir. Il sera facile

» de le juger. Si la diplomatie l'emporte, vous m'aiderez de » votre pénétration. »

Soit distraction, soit caprice, — soit un de ces sentimens mystérieux que, même sans en avoir la conscience, toute jeune fille cache au fond du cœur, Mlle de Varency n'avait pas dit à sa tante le nom de famille de « René. »

VIII.

Il y avait un peu plus de deux mois que Mlle de Varency connaissait M. de Sourdun, et trouvait qu'il ressemblait à la fois aux trois portraits qu'elle avait faits de lui avant de l'avoir vu.

Cette ressemblance multiple lui paraissait étrange, et au fond rien n'était plus simple.

A part quelques insignifiantes variétés de détail, les trois portraits ne s'éloignaient en aucune façon du type masculin invariable idéal des rêveries féminines : une heureuse combinaison de courage et de faiblesse, de douceur et de force, — « courage et force pour protéger la femme qu'on aime, douceur et faiblesse pour lui obéir. »

Car, en dépit des phrases sonores débitées sur l'égalité des sexes, les femmes s'obstinent à regarder l'homme comme leur appui et leur esclave, — et à ne l'apprécier complètement que lorsqu'il sait porter avec aisance, suivant l'occasion ou le caprice, ces deux titres qui lui donnent le droit de remplir des devoirs si divers.

Les créations de la fantaisie d'Alix s'étant rapprochées autant que possible de la perfection convenue, M. de Sourdun avait eu, dans ses trois portraits, « la fierté d'un lion et la douceur d'un agneau, » comme le plus mince des héros de roman toujours si supérieurs aux pauvretés de l'histoire.

Or M. de Sourdun, qui passait pour un homme remarquablement agréable dans les salons d'élite de Paris et dans deux ou trois cours de l'Europe, semblant avoir quelque rapport avec le type généralement apprécié qu'Alix avait essayé de reproduire, — Mlle de Varency avait tout simplement cru le revoir.

IX.

La comtesse de Cerneux et Mlle de Varency passaient ordinairement les matinées dans un pavillon situé sur une petite colline au milieu du parc et ouvrant ses quatre faces sur quatre larges allées.

On voyait, de la croisée du levant, les pittoresques tourelles du château, et de celle du couchant le clocher du village ; l'œil plongeait, au midi, jusqu'aux bords gazonnés d'une coquette rivière et se perdait, au nord, dans un bois de sapins.

C'était une belle matinée de septembre, d'un éclat suave et pleine de calmes harmonies. Alix avait cependant le front soucieux et le regard mobile. Elle peignait, mais les mouvemens brusques imprimés à son pinceau annonçaient moins d'activité que d'irritation. En moins d'une heure l'inquiète jeune fille avait placé son chevalet dans chacune des embrasures des fenêtres, — dans chacune !... excepté celle du nord, où elle avait cependant l'habitude de se fixer pendant plusieurs heures depuis environ six semaines.

Mme de Cerneux semblait parcourir un journal ; — mais elle observait tous les mouvemens d'Alix.

La comtesse avait près de cinquante ans. Sa physionomie annonçait une sensibilité intelligente et fine, attentive et pénétrante, mais indulgente et paisible. Son œil était d'un bleu doux, un peu couvert ; il devait comprendre et deviner d'un simple tour de paupière. Son sourire était caressant, légèrement malicieux et toujours discret.

Mme de Cerneux se leva et, effleurant à peine le tapis, s'arrêta derrière la chaise d'Alix qui, sans tourner la tête, fit un imperceptible geste d'impatience.

Une figure commençait à vivre sous le pinceau de la jeune fille ; c'était un chevalier tout bardé de fer, ayant son casque posé près de lui, et flattant un lévrier de la main.

— Pas mal, dit la comtesse après un examen assez long pendant lequel le léger incarnat des joues d'Alix avait graduellement envahi ses mignonnes oreilles. Je reconnais ce costume, cette pose, cette jolie tête de chien !... vous avez pris tout cela dans le recueil que nous avons reçu ce printemps?

— Oui, madame.

— Très bien choisi. — Mais la tête? vous ne l'avez donc pas copiée?

— J'ai essayé du moins, balbutia Mlle de Varency.

— Vous avez essayé de rendre la ressemblance de la gravure?

— Mais,... oui, murmura plus bas encore Alix dont la rougeur prit une teinte de plus en plus foncée.

— En ce cas, vous n'avez pas copié aussi fidèlement les traits que l'habit. Votre chevalier est beaucoup mieux que son original.

Puis, après un nouvel examen :

— C'est singulier, ajouta-t-elle; il me rappelle quelqu'un... S'il avait seulement un frac ou un paletot!...

— Qu'importe le visage? dit Alix avec un embarras toujours croissant. C'est le costume qui intéresse! Pourquoi tout ce fer n'est-il plus de mode?

— C'est une toilette un peu lourde. Tout va si vite à présent!

— Quels nobles cœurs il devait y avoir là-dessous? répliqua vivement Alix, en s'efforçant de détourner l'attention de Mme de Cerneux de la ressemblance du chevalier.

— Est-ce à dire que les nobles cœurs soient aussi passés de mode? demanda doucement la comtesse.

— Non, non; répondit vivement Alix.

Puis elle baissa les yeux, et posa son pinceau sur le chevalet.

— Travaillez donc, ma chère Alix, reprit Mme de Cerneux; votre beau chevalier m'intéresse.

Je ne suis pas contente de mon ouvrage.

— Quelle idée!

— Je ne devrais plus peindre.

— Vous auriez tort. Vous avez de véritables dispositions... pour le portrait surtout, ajouta Mme de Cerneux avec un sourire maternel et satisfait qui sembla redoubler l'embarras d'Alix.

Après quelques instans de silence, un léger coup fut frappé à la porte du pavillon.

—Entrez, René, dit la comtesse : vous vous êtes fait attendre ce matin.

Mlle de Varency couvrit son chevalet, puis se leva.

M. de Sourdun entrait.

Quand il parut, les émotions diverses reflétées par les yeux d'Alix ressemblèrent aux images confuses bercées par les brises capricieuses à la surface de l'eau.

La jeune fille marcha vers une table, y prit au hasard un ouvrage de broderie, se rapprocha de Mme de Cerneux, et répondit avec une distraction affectée au salut de M. de Sourdun. Puis, voulant bien prouver qu'elle n'était pour rien dans l'obligeant reproche fait par la comtesse, et qu'elle n'avait pas attendu M. de Sourdun, selon son habitude, à la fenêtre qui donnait sur l'allée des sapins, elle dit d'un air indifférent, que démentait la légère altération de sa voix :

— Vous n'êtes pas venu par votre chemin ordinaire, monsieur; je vous ai vu arriver du côté du château.

— J'ai été fort contrarié dans ma promenade, répondit M. de Sourdun. Mais si j'avais pu, comme les autres jours, suivre mon allée favorite, j'aurais été encore plus à plaindre puisque vous aviez changé de place.

— Le jour est détestable à la croisée du nord, dit Alix.

— Vous paraissiez le trouver assez favorable.

— Je m'étais trompée, répliqua la jeune fille sans lever les yeux sur M. de Sourdun, qui échangea un regard à la dérobée avec sa tante.

Il y eut une assez longue pause.

— Vous étiez tantôt devant votre chevalet, mademoiselle, dit M. de Sourdun. Aurais-je été assez maladroit pour vous déranger?

— J'avais fini de peindre, — et, d'ailleurs, je renonce décidément à mon tableau ; — je n'en puis rien faire.

— Ce que j'en ai vu valait cependant la peine d'être continué. Un beau costume! d'une exactitude admirable!—Vous avez sans doute ébauché la tête?... Me permettez-vous d'y jeter un coup d'œil?

Mlle de Varency se leva, et posa ses deux mains sur le papier dont elle avait couvert son ouvrage ; M. de Sourdun recula avec une vivacité respectueuse. — Comme Mme de Cerneux faisait un pas vers le chevalet, Alix, devenue rouge comme une cerise, lui adressa un regard inquiet et suppliant, prit le tableau, et marcha vers la porte.

— Gardez notre pavillon, ma belle petite, dit Mme de Cerneux; nous allons, René et moi, donner un coup d'œil aux ouvriers du parc. Adieu. Nous reviendrons tantôt.

Mlle de Varency resta seule, debout au milieu du pavillon, confuse, mécontente, agitée.

Elle allait détruire le malencontreux dessin, lorsqu'un regard, jeté sur cette ébauche, qui la veille encore l'intéressait si vivement, détendit ses doigts crispés par une colère chagrine. Elle serra le vélin dans un portefeuille, fit deux ou trois tours d'un pas inégal et irrésolu, se laissa tomber sur un fauteuil, — et se mit à pleurer.

X.

Pourquoi Mlle de Varency, qui respirait ordinairement avec tant de plaisir, à la croisée du nord, les senteurs balsamiques des arbres verts, avait-elle ce jour-là changé de place? — Pourquoi avait-elle si fort tenu à prouver à René qu'elle ne l'attendait point? — Pourquoi, dans le moment même où elle retraçait les traits du jeune homme presque involontairement, et sous la simple influence du souvenir, l'accueillait-elle lui-même d'une manière si peu gracieuse, — si peu polie?

C'est qu'Alix avait reçu, le matin même, la réponse de tante Marthe à la lettre qu'elle lui avait écrite avant d'avoir vu M. de Sourdun.

La vieille fille avait surmonté sa paresse chronique, et n'avait pris que deux mois de réflexion pour répondre à sa nièce, — tant la circonstance lui avait paru grave et le cas urgent!

Tante Marthe définissait la position d'Alix avec une insistance verbeuse et diffuse. Il suffira de résumer sa lettre.

« Mlle de Varency, disait-elle a eu cent mille écus de dot » par le testament de M. de Cerneux, lequel a légué le reste » de sa fortune à sa veuve qui a elle-même un parent, son » seul héritier.

» Ce parent de Mme de Cerneux a un peu plus de trente

» ans, Mlle de Varency en a un peu plus de vingt; — il est » de bonne noblesse, elle est de vieille souche; — c'est, dit-» on, un gentilhomme fort bien fait; Mlle de Varency est » une charmante personne: — ces jeunes gens semblent » destinés l'un à l'autre par des circonstances toutes parti-» culières; — c'est un de ces mariages fatalement convena-» bles contre lesquels on ne peut élever aucune objec-» tion.

» Il sera impossible à Mlle de Varency de faire un choix, » puisqu'il n'y aura qu'un seul prétendant à sa main. — Ce » prétendant, auquel personne n'osera disputer la place, » demandera Mlle de Varency en mariage sans se préoccu-» per du sentiment qu'il éprouve, et encore moins de celui » qu'il inspire.

» Voilà, ma chère Alix, disait tante Marthe en finissant, » voilà ta triste, ta cruelle position!...

» Le péril que tu cours, et dont la seule pensée me fait » frémir, c'est de te marier sans aimer... sans être aimée!...

» J'ai cru de mon devoir de t'éclairer, ma pauvre en-» fant. N'ai-je pas promis à ton père de veiller sur toi? — » Dieu veuille que mes conseils n'arrivent pas trop tard! »

Après avoir lu et commenté cette lettre, après avoir fait la plus large part possible à son exagération, — Mlle de Varencey avait fini par en extraire quelque chose comme une probabilité.

Elle avait remonté, heure par heure, les deux derniers mois, et la fidélité minutieuse de ses souvenirs lui semblait quelquefois justifier les inquiétudes de sa tante.

Quelle avait été en effet, pendant ces deux mois, la conduite de René à son égard?

Il ne s'était pas montré près d'elle, une seule minute, d'une humeur moins égale, d'une bonne grâce moins exquise.

Il ne s'était jamais permis de la flatter ni de la blâmer.

Il avait toujours paru charmé de la voir, — mais n'avait nullement l'air de craindre qu'elle éprouvât moins de plaisir que lui-même dans leurs fréquentes rencontres.

Il n'y avait, dans les manières de M. de Sourdun, ni l'abandon et le sans-gêne d'un parent, ni la franche bienveillance d'un ami, — ni la préoccupation exclusive et passionnée d'un amoureux qui espère et qui doute!

Il y avait plutôt quelque chose de l'attention respectueusement familière, — de la satisfaction paisible d'un homme sûr de l'avenir, et qui a fixé d'avance le jour où il signera tranquillement son contrat de mariage! — un mariage de convenance! — un mariage qu'il serait même inconvenant de ne pas faire!

Oui, tante Marthe avait dit juste. — Comment se former une opinion sur M. de Sourdun? A qui le comparer? Qui lui disputerait son rang de prétendu solitaire... inévitable?

XI.

L'impression produite par la lettre de tante Marthe, ne fut point affaiblie par les réflexions du lendemain; elle entra au contraire plus avant dans l'esprit d'Alix, La pauvre enfant, ne distinguant plus sa raison de son cœur, se tourmentait, se dépitait, s'irritait; — son caractère subit même bientôt l'influence de cette fâcheuse disposition d'esprit.

Car Alix, il faut bien l'avouer, avait cela de commun avec les êtres féminins plus ou moins angéliques; elle était d'une douceur accomplie, — tant qu'elle n'était pas contrariée.

On peut, à la rigueur, affecter une intéressante résignation, lorsqu'on est contrarié par quelqu'un devant quelqu'un; — la résignation est déjà moins facile, quand on ne peut l'exercer qu'en tête-à-tête: — mais comment ne pas être bien vite à bout de patience devant une contrariété en monologue?

Dans ce cas désespéré, le remède le plus efficace est de déverser sa mauvaise humeur sur ses alentours, — particulièrement sur ceux pour qui l'on se reconnaît un peu de penchant. C'est l'usage le plus répandu, — surtout chez les femmes! Alix ne pouvait manquer de s'y conformer.

Quelquefois, au milieu d'un entretien qui avait paru la captiver, elle tombait dans un silence glacial, et semblait absorbée complètement par un point de broderie ou une maille de tricot.

Puis, lorsque cet accès de mutisme avait produit son effet naturel; quand Mme de Cerneux et M. de Sourdun se recueillaient aussi dans une occupation quelconque, Mlle de

Varency se plaignait de leur silence, et finissait par provoquer une discussion, — dans le seul but d'entendre René, qu'elle contredisait à propos de tout et de rien.

Dans ces différentes phases du malaise moral de la jeune fille, M. de Sourdun restait toujours le même. Son front ne perdait rien de son intelligente sérénité. Son sourire conservait sa grâce fine et pénétrante. Il ne semblait jamais remarquer les silencieuses réserves de Mlle de Varency. Il gardait, au milieu des échanges les plus vifs d'opinions, une mesure du meilleur goût !

M. de Sourdun était décidément un être parfaitement haïssable.

XII.

— M. d'Ernestau va donc se marier ? disait un jour la comtesse à son neveu.

— Oui, ma tante ; — un mariage d'amour !

— D'entêtement.

— Comme la plupart des mariages d'inclination.

— Ou plutôt de contradiction.

Alix écoutait, sans lever la tête, ce feu de file d'épigrammes anti-romanesques : elle sentait que le moment était venu où elle pourrait enfin surprendre les opinions de cœur de René.

— Madame, dit-elle à la comtesse avec une apparente insouciance, et un peu de cet adroit embarras qui seconde merveilleusement la curiosité des jeunes personnes d'un certain monde ; ce M. d'Ernestau, et la femme qu'il épouse, se connaissaient-ils depuis longtemps ?

— Depuis cinq ou six ans au moins.

— Ils s'aimaient donc ?

— Mais... c'est probable.

— Je ne sais trop s'ils en étaient bien sûrs, dit en souriant M. de Sourdun.

— Je ne comprends pas, murmura Mlle de Varency.

— René a raison, reprit Mme de Cerneux ; on n'est jamais bien sûr de ces sentimens-là. Un peu d'amour d'abord... de l'habitude ensuite... de la vanité, du dépit !...

— Et puis, ajouta M. de Sourdun, ces deux amans fidèles étaient si fort préoccupés de leurs rôles, qu'il devait leur rester peu de temps pour songer l'un à l'autre.

— Leurs rôles? demanda Alix avec une indignation déguisée sous un étonnement de novice. Quels rôles?

— Contez-nous donc quelques détails, René, dit Mme de Cerneux, vous qui avez été un peu lié avec d'Ernestau en Italie. Il s'agit d'une Italienne, n'est-ce pas?

— Oui, ma tante. D'Ernestau rencontra à Florence une assez jolie veuve. Elle chantait bien, il l'écouta mieux; — il lui offrit son cœur entre deux roulades, elle leva les yeux au ciel; — il lui offrit sa main, elle les baissa. — Mais, en promettant sa main et son cœur, d'Ernestau avait oublié que sa fortune, ornement indispensable de ces deux offrandes, dépendait d'un oncle.

— Cet oncle fut probablement sans pitié, dit Alix?

— L'oncle répondit avec un implacable sang-froid: « Si tu épouses ta Florentine, moi j'épouse le même jour une Parisienne, et nous nous invitons mutuellement à la noce. » — D'Ernestau supplia, se désola, pesta, voyagea, revint: — l'oncle tint bon.

— Et M. d'Ernestau ne renonça point à l'héritage de son oncle? demanda Alix.

— Mais, non; la Florentine elle-même ne le lui conseilla point: elle aimait trop sincèrement ce qui lui rappelait d'Ernestau pour le séparer de sa fortune qui lui avait toujours paru faire partie de lui-même. Elle se contenta de se fixer à Paris et d'y bien établir sa position de femme... dévouée... et même un peu compromise... juste assez pour apitoyer les salons et les ameuter contre cet oncle barbare.

— Quel calcul! Vous gâtez à plaisir un petit roman plein d'intérêt, dit Alix à peine maîtresse de son indignation.

— Je n'entends rien aux romans, répliqua M. de Sourdun. Je me contente de faire de l'histoire.

— Et comment d'Ernestau s'accommoda-t-il du changement de domicile de son Italienne? demanda Mme de Cerneux.

— Au fond, il aurait, je crois, préféré un dévouement plus sédentaire. — Mais quand il vit que la veuve aimait décidément mieux les brouillards de la Seine que les bords poétiques de l'Arno, il se mit résolûment à la hauteur de sa réputation d'amoureux contrarié. — Au fait, il avait assez l'air de son état : cheveux ondoyans, prunelle ciel orageux, négligence recherchée de maintien, sobriété de paroles au service d'une égale sobriété d'esprit ; — en un mot, tout le bagage d'un homme nul qui tient absolument à ce qu'on le regarde passer, Jamais il n'aurait eu cette satisfaction sans l'entêtement de son oncle, qui avait fini par le mettre à la mode.

« Quelle légèreté ! pensait Alix en faisant courir son aiguille sur la batiste avec un mouvement nerveux. »

— Ce qui m'inquiète, poursuivit M. de Sourdun, c'est la manière dont ce pauvre d'Ernestau va passer son temps. Il restait chaque jour deux heures chez Mme Mariani, et se disputait régulièrement chaque soir avec son oncle. Où ira-t-il maintenant ? et avec qui se disputera-t-il ?

— Rien de plus simple, dit Mme de Cerneux. Il ira chercher conversation hors de chez lui, et rentrera pour quereller sa femme.

— Vous ne croyez donc pas, dit sérieusement Alix, à un peu de bonne affection entre deux personnes qui se connaissent depuis plusieurs années ?

—M. d'Ernestau et Mme Mariani ne se connaissaient pas, répondit René. Ils se voyaient afin qu'on les vît ; ils se parlaient pour avoir des échos ; ils ne perdaient pas leur temps à s'écouter l'un l'autre, — et Dieu sait qu'ils avaient bien raison ! — Je suis sûr que d'Ernestau a été très mortifié du consentement de son oncle, qui le prive la fois de sa réputation de héros de roman et de sa liberté de garçon. Je compte bien lui en faire mon compliment de condoléance.

La conversation continua, légère et malicieuse, entre Mme de Cerneux et M. de Sourdun ; — mais Alix n'y prit plus aucune part.

C'était donc positif ; la comtesse et son neveu étaient les dignes interprètes de ce monde frivole qui tourne en ridicule ce qu'il ne comprend pas, — qui nie l'avenir comme un aveugle le soleil !

A cette pensée douloureuse, Alix sentit son cœur se gonfler, et sortit précipitamment du salon.

XIII.

Au bout d'une heure environ Mlle de Varency rentra. Ses paupières un peu gonflées et bordées d'un rouge vif, la ligne légère qui se dessinait sur son front ordinairement si pur, les deux plis indiqués entre ses sourcils, — tout chez elle annonçait le malaise d'une méditation fâcheuse et d'une irritation mal contenue.

Mme de Cerneux fit quelques pas vers la jeune fille, en l'interrogeant du regard, et s'empara de ses mains malgré sa résistance poliment inerte.

— Ma chère enfant, dit-elle, vous n'êtes pas bien ; vous avez la migraine.

— Oui, madame répondit Alix saisissant aussitôt le prétexte qu'on lui donnait de garder le silence : je me suis promenée trop longtemps au soleil.

— Vous paraissez vraiment souffrante, reprit Mme de Cerneux avec une insistance pleine d'intérêt. Reposez-vous quelques instans, là, ma belle petite, sur ce canapé, à l'abri du jour.

Et la comtesse entraîna Mlle de Varency qui, satisfaite de l'isolement qu'on lui proposait, se laissa conduire machinalement.

Pendant qu'elle traversait le salon, appuyée sur le bras de Mme de Cerneux, M. de Sourdun s'était approché du canapé dont il disposait les coussins avec cette adresse vive, précise, intelligente, qui n'appartient qu'à une véritable sollicitude. Son régard, attaché sur Alix, était si affectueusement curieux, si tendrement inquiet, si plein de craintes et de questions — que Mlle de Varency crut devoir faire une réponse indirecte à l'éloquent silence qui l'interrogeait.

— Vous êtes mille fois trop bonne de vous occuper ainsi de moi, dit-elle à Mme de Cerneux en regardant M. de Sourdun : je souffre peu.

— Si peu que vous souffriez, c'est trop pour vos amis. Vous allez rester là, bien tranquille : nous vous garderons, René et moi. Nous causerons un peu, mais si bas, si bas, que nous ne vous empêcherons pas de sommeiller.

Ces derniers mots rappelèrent péniblement à Mlle de Va

rency la conversation de la comtesse et de son neveu sur M, et Mme d'Ernestau.

« Oui, se dit-elle, ils vont causer, se distraire, — s'égayer encore aux dépens de quelque pauvre cœur malade !... — Je croyais Mme de Cerneux si bonne! — Et lui! avec des yeux si aimans! un si froid persifflage! — Mais c'est la faute de la diplomatie. L'habitude de déguiser sa pensée aura desséché son âme, éteint son imagination, désenchanté sa jeunesse!...—Pour en arriver là, il faut qu'il ait bien souffert! »

Un peu attendrie par les souffrances présumées de M. de Sourdun et lasse de l'idée fixe qui la poursuivait depuis qu'elle avait reçu la lettre de sa tante, Alix appuya sa tête sur un oreiller, ferma les yeux et parvint à faire taire sa pensée importune. Peu à peu il ne lui resta d'autre souvenir que celui du dernier regard que René avait fixé sur elle, d'autre sensation que la certitude de la présence du jeune homme, d'autre faculté que l'attention qu'elle prêtait au murmure de ces deux voix.

Mme de Cerneux et M. de Sourdun paraissaient trouver un intérêt très vif dans leur intime entretien. Ils causaient affaires et ménage.

Il fut d'abord question de plusieurs travaux dirigés par M. de Sourdun : d'une route qui donnerait du pain aux ouvriers pendant la morte saison; du détournement d'un cours d'eau, devant assainir quelques chaumières groupées au bas de la colline ; de défrichemens, de reboisemens ; — en un mot, de mille choses positives qui, malgré le respect qu'elle méritent, n'ont guère d'autre valeur pour une jeune fille que celle de la voix qui les nomme.

Alix écouta ces détails; elle comprit même ces utilités : — le cœur d'une femme est si intelligent!

Puis les voix baissèrent, baissèrent; le murmure devint un souffle. Mlle de Varency put à peine saisir quelques mots de la conversation, qui avait alors pour objet des arrangemens d'intérieur.

— A merveille, disait Mme de Cerneux. Le petit salon?...

— Brun et rose.

— Le piano?...

— D'Erard.

Alix couvrit son visage de ses mains, comme si on eût pu voir la rougeur qui venait d'envahir ses joues.

« Déjà! se demanda-t-elle avec un trouble mêlé de dépit et de secrète douleur. Suis-je donc une chose si bien à eux qu'ils disposent des moindres détails de ma vie sans me consulter? Je ne choisirai rien! pas plus les meubles que le mari! »

Elle continua d'écouter en retenant son haleine, et en comprimant sous sa main les battemens précipités de son cœur. — On parla du parc et des jardins. Le pavillon serait restauré. On agrandirait notablement les serres.

— La semaine prochaine, dit un peu plus haut M. de Sourdun, nous recevrons la collection de mimosas que j'ai demandée,—tout ce qu'il y a de plus rare.

Alix tressaillit. Elle se souvint d'avoir une fois admiré avec enthousiasme, devant M. de Sourdun, le féerique feuillage d'un mimosa, le seul qui fût alors dans la serre.

Mlle de Varency se laissa bercer, pendant quelques minutes, par la mélodie caressante des dernières paroles de René; —mais se relevant soudain, et passant, deux ou trois fois la main sur son front :

« C'est tout simple, se dit-elle avec un sourire amer : l'extrême distinction de M. de Sourdun ne lui eût pas permis d'offrir un bouquet vulgaire. Les mimosas seront l'hommage officiel du prétendu! — Oh! poursuivit-elle, ma tante avait raison. Cet homme est horriblement dangereux! »

XIV.

Alix essaya de se rendre compte de cette journée, et de se tracer enfin une ligne de conduite.

Il était évident que M. de Sourdun, de concert avec Mme de Cerneux, s'occupait des préparatifs de son prochain mariage, et que la dernière de ses préoccupations était le consentement de la femme qu'il avait honorée de son choix, — consentement qu'on ne paraissait pas mettre en doute.

Cette femme, à laquelle on s'imposait ainsi, devait donc employer toutes les clartés de sa raison, toutes les ressources de sa prudence, contre cette violence morale.

Mais où trouver les moyens d'y résister? le temps même de chercher ces moyens?

M. de Sourdun ne perdait pas un jour, pas une heure, pas une minute. Le consentement d'Alix ne serait demandé officiellement qu'au moment où il serait trop ridicule de refuser.

Que faire alors, mon Dieu?

Je vais écrire à ma tante, se dit Alix; je lui confierai tout.

Elle prit la plume, et ne raconta rien.

Qu'eût-elle dit, en effet? Les mille pensées qui tourbillonnaient confusément dans sa tête alourdie, s'évaporaient sous le moindre semblant d'examen, et se faisaient invinciblement rebelles à toute expression. La tante Marthe elle-même, si familiarisée avec l'incompréhensible, ne fût pas venue à bout d'en définir une seule.

Alix déchira trois lettres, et n'écrivit enfin que deux maigres pages de lieux communs. Elle remerciait sa tante de ses bons conseils, lui en demandait la continuation, et finissait par lui dire que le parent de Mme de Cerneux s'appelait : M. de Sourdun.

Cette phrase fut la seule qui ne lui coûtât aucun travail; le nom était venu de lui-même sous la plume.

XV.

La femme trompe souvent; qui en doute? mais parfois aussi elle se trompe : — elle croit aimer, elle se méprend sur les symptômes.

Si la femme pâlit et rougit tour à tour, en voyant celui qu'elle distingue regarder une autre qu'elle, ce n'est pas de l'amour; elle n'aime pas un homme, elle hait une femme.

Si elle renonce à un bal parce « qu'un tel » n'y va point; ce n'est pas de l'amour, c'est de l'égoïsme : — c'est échanger le plaisir banal de s'entendre dire qu'on est aimable, par plusieurs qui ne le pensent peut-être pas, contre le bonheur de le paraître à un seul, qui le pense et n'ose le dire.

Si, en marchant rêveuse, à côté de quelqu'un, sous de poétiques ombrages, elle est bercée par la mélodie d'une voix, — ou si, — au milieu d'une foule brillante, elle est captivée par un regard, ce n'est pas de l'amour, c'est un exercice d'imagination qui a indispensablement besoin de certains accessoires : tantôt du parfum des fleurs, du souffle des brises, des rayons d'un astre quelconque ; tantôt de l'éclat des lumières, du feu des diamans, des sons d'un orchestre.

Mais si elle se sent heureuse, en voyant prier à côté d'elle celui à qui elle pense, elle aime sincèrement, complètement; elle aime aujourd'hui ; elle aimera mieux, toujours mieux, jusqu'au jour qui n'aura pas de lendemain.

Car elle aime cet homme pour lui-même autant que pour elle, — et franchement, ce n'est pas peu dire!

Cette lumière infaillible éclaira un instant le cœur d'Alix.

C'était un jour de grande fête. Mme de Cerneux, qui entendait habituellement la messe dans sa chapelle, se rendit à sa paroisse, éloignée du château environ d'une lieue, et où elle n'était plus allée depuis la mort de son mari.

C'était la première fois que Mlle de Varency se trouvait dans une église avec M. de Sourdun.

René lui parut être du petit nombre de ceux qui, en entrant dans la maison du Seigneur, ne laissent pas leur âme sur le seuil. Il montrait sans affectation, sur son front sérieux et fier, une pensée parfaitement sincère de respect et de recueillement. Alix, en examinant la physionomie de M. de Sourdun, oublia quelque peu la prière des lèvres,—mais s'éleva plus haut que de coutume sur l'aile de la prière du cœur.

Profondément pieuse, Mlle de Varency avait jusqu'alors soigneusement évité, devant M. de Sourdun, tout entretien ayant pour objet des sujets religieux. Sa foi craintive redoutait d'instinct le moindre mot, le moindre geste, la moindre expression de regard qui eût trahi chez René le dédain, la légèreté, ou seulement l'indifférence. Elle ressentit donc une des meilleures joies en devinant que cette pénible réserve serait désormais inutile.

Cette pensée, en se reflétant sur son visage, lui donna un charme nouveau, — un de ces charmes supérieurs entrevus seulement dans ces instans si rares où le rayon immortel de la beauté de l'âme, se dégageant de ses voiles, fait resplendir de son propre éclat la beauté éphémère des formes.

Aussi, quand la jeune fille sortit de l'église, les joues plus doucement colorées que les roses qui se mêlaient à ses cheveux sous sa capote blanche, les yeux rayonnant d'une sérénité angélique, les lèvres à demi-entr'ouvertes par un sourire, — tous les regards se fixèrent-ils sur elle avec une curieuse admiration.

Il fallait traverser une petite place ombragée de tilleuls pour rejoindre la voiture : M. de Sourdun donnait le bras à sa tante ; Alix marchait à côté de la comtesse.

Pendant qu'ils s'avançaient lentement tous les trois, un intérêt croissant se manifestait autour d'eux. On les saluait de près et de loin. On cherchait à revoir Mme de Cerneux longtemps absente et regrettée. On désignait du geste M. de Sourdun, puis de l'œil seulement Mlle de Varency. Le murmure approbateur qui bruissait dans cette masse bienveillante venait respectueusement s'éteindre, il est vrai, autour du groupe objet de toutes les attentions; mais, si discret qu'il fût, il laissait deviner, sinon entendre, ces exclamations significatives, glissées rapidement d'oreille en oreille :

« C'est le neveu de Madame... C'est la cousine de M. le comte... On dit que Madame l'appelle sa fille !... C'est clair qu'elle va être sa nièce... Un joli couple !... Et lui, comme il a bonne façon !... Il est tel que Monsieur son père. »

Pendant tout le temps qu'on mit à franchir l'espace qui séparait l'église de la rue, Mlle de Varency, dont l'âme s'épanouissait encore au souvenir de sa pieuse et tendre émotion, partagea, sans bien s'en rendre compte, le sentiment général. Dans les saluts qu'elle rendait à la foule, respirait la bonne grâce reconnaissante de l'étrangère qui se sent adoptée. Elle se tourna plusieurs fois vers Mme de Cerneux, avec une charmante expression de confiance, et laissa même errer un fort aimable regard du côté de M. Sourdun, dont la physionomie était radieuse.

Ce fut donc sous l'influence d'un entier bien-être intérieur et de l'entraînement des franches sympathies qui l'environnaient que Mlle de Varency arriva près de la voiture, y monta légèrement, et se plaça, ravie et souriante, vis-à-vis M. de Sourdun.

Le retour fut doucement gai, causeur, plein d'un intime abandon. Le ciel était d'un bleu tendre semé de petits nuages blanchâtres. Les feuilles tombaient une à une, lentement, d'elles-mêmes, comme des choses qui ont fait leur temps. Ce qui végétait encore dans la campagne, ces courtes herbes qui ne devaient plus fleurir, ces fleurs pâlies qui ne devaient point porter de graines, semblaient ne garder un reste de vie que pour charmer les oisifs et les heureux.

C'est délicieux de courir ainsi à travers les champs moissonnés, en plein midi d'octobre, sur les soyeux coussins d'une voiture qui berce, au trot de deux chevaux légers comme l'air!

Surtout lorsqu'on a vingt ans,—qu'on est belle, aimable, aimante,... aimée peut-être!

Alix le comprit,... le sentit plutôt! Elle jouit sans se demander pourquoi,—seule manière de jouir.—Elle se laissa respirer librement, vivre facilement, pendant ce trajet rapide comme un songe.

La voiture s'arrêta devant une petite grille du parc, où M. de Sourdun trouva son domestique et ses chevaux.

Avant de prendre congé, René échangea un regard avec sa tante;—puis le regard de la tante et celui du neveu effleurèrent Alix, et se confondirent dans une expression de parfait contentement.

Mlle de Varency devina ce coup d'œil d'intelligence, à travers les longues soies de ses paupières baissées, — et un soudain frisson lui crispa le cœur.

« Ils étaient d'accord! » se dit-elle.

XVI.

Alix revenait un jour du parc : elle y avait passé deux heures, allant et venant sans but, froissant les feuillés sous ses pas pressés, cherchant la fatigue pour échapper à l'agitation. Vains efforts! La placide beauté du temps et l'harmonie des murmures du bois n'avaient fait que porter son irritation à son comble.

C'est que Mlle de Varency était non seulement, comme la veille, assez mécontente de ce qui l'entourait, mais encore et surtout fort mécontente d'elle-même.

En se levant, elle avait écrit à sa tante avec une complète franchise, lui faisant également part de ses propres pensées et de celles qu'elle prêtait à autrui,—lui demandant enfin un conseil énergique pour s'arracher à une situation dont elle-même, la bonne tante Marthe, lui avait signalé le danger.

En fait de confiance, il est plus difficile de se modérer que de s'abstenir. Du moment qu'on se laisse aller à se raconter soi-même, on rencontre les mots sur ses lèvres ou sous sa plume avec une singulière facilité. La matière est si riche ! souvenirs, pressentimens, impressions, instincts ; ce qui aurait pu être, ce qui pourrait être ; — quelquefois même, par hasard, ce qui est !

Les confidences d'Alix devaient donc arriver dans le Berry décorées de ces mille enjolivemens si chers aux gourmets de romanesques études, et dont la tante Marthe avait toujours été particulièrement friande.

Mais, une fois sa lettre partie, Alix s'était demandé comment elle avait pu l'écrire.

Il n'en est jamais autrement. La jeune fille qui écarte les plis du voile dont la nature a si soigneusement enveloppé le cœur féminin, est presque aussitôt désolée de ce geste maladroit. Du moment qu'elle a dit ou écrit un certain nom, elle s'accuse d'une légèreté profane. Elle s'irrite contre elle-même d'abord, — et peut-être davantage encore contre le regard ou l'oreille qui a recueilli son aveu.

Mlle de Varency eut un moment la pensée d'écrire immédiatement une autre lettre; — mais elle se dit que cette banalité ne serait qu'une gaucherie auprès de sa tante, laquelle ne manquerait pas de prendre une dénégation pour une double affirmation. Comment tenter de faire renoncer tante Marthe à un roman dont elle tenait les premiers chapitres ?

Alix rentrait donc, lasse de pas inutiles et de pensées vaines. Elle se retira chez elle, craignant de rencontrer M. de Sourdun au salon.

Pourquoi le verrait-elle plus tôt que la politesse ne l'exigeait ? Le moment n'était-il pas venu de lui témoigner une certaine froideur ?

Elle s'approcha d'une glace, et lissa les riches bandeaux de ses cheveux, dont l'élégante symétrie avait un peu souffert de la précipitation de la promenade; elle changea le nœud de ruban qui entourait son cou, et remplaça ses manchettes froissées par les mouvemens impatiens de ses doigts;— puis elle prit un livre.

Au bout de quelques minutes elle posa le livre, et se regarda de nouveau dans la glace. La fatigue avait disparu de ses traits; l'animation y restait seule. Alix était charmante... elle le sentait.

Dans ces momens-là, une femme saisit toujours avec empressement l'occasion de n'être pas seule de son avis.

« Si j'allais retrouver Mme de Ceroeux, se demanda-t-elle ? Voilà au moins trois heures que je ne l'ai vue ! — Il y a des égards auxquels on ne doit pas manquer. »

Elle marcha vers la porte et s'arrêta.

« Que je suis haïssable ! Je ne pourrai donc jamais me décider à rien ? »

Elle entendit un bruit sur le palier, et reconnut le pas de sa femme de chambre.

— Que voulez-vous, Rosine ?

— Madame la comtesse désire parler à Mademoiselle.

— J'y cours, dit Alix, déjà hors de la chambre.

Et, s'élançant dans l'escalier, elle arriva, leste comme un oiseau, vis-à-vis du salon ; mais là, elle dut s'arrêter : — son cœur battait si fort!

M. de Sourdun ayant cru entendre un frôlement de soie, et ne voyant entrer personne, ouvrit doucement la porte. A la vue de Mlle de Varency, il s'inclina avec cette grâce discrète qui donnait à ses manières une séduction rare, et dit avec un accent voilé, contenu, mais plein d'expression :

— Enfin !

Alix le salua, et passa très vite sans lever les yeux.

— Arrivez donc, chère belle, s'écria la comtesse. Je ne me serais jamais pardonné d'avoir admiré sans vous ces jolies choses qui nous viennent de Paris à l'instant même.

Sous l'empire de la fascination irrésistible exercée toujours et partout sur l'œil de la femme par le simple aspect du chiffon, Mlle de Varency s'approcha vivement d'une table où s'étalaient des échantillons nombreux des tissus les plus élégans et les plus riches.

— Tout cela est ravissant, dit-elle émerveillée, en faisant glisser tour à tour entre ses doigts les précieux morceaux d'étoffe où chatoyaient les couleurs les plus vives et les demi-teintes les plus suaves, où les dessins les plus nouveaux luttaient de capricieuse fantaisie.

— Voyez, ma cousine, cette délicieuse nuance de vert!... et ce bleu charmant qui ne ressemble à rien !... et ce lilas rosé !... Mais voici qui est admirable, poursuivit-elle en s'arrêtant à un fond gris-perle rehaussé de bouquets blancs, un véritable chef-d'œuvre de vaporeuse élégance.

— Admirable, en effet, dit Mme de Cerneux. Voilà donc une des robes que vous choisissez.

— Non, madame, j'admire seulement.

— Choisissez aussi, ma chère.

— Que ferais-je de ces jolies robes?

— Vous êtes vraiment trop aimable ; mais avouez que ces brillantes toilettes seraient déplacées dans notre solitude.

— J'espère, reprit Mme de Cerneux, sans paraître s'apercevoir de l'intention légèrement agressive d'Alix, que vous ne me priverez pas du plaisir de vous faire connaître quelques voisins. Je ne les reverrais sans doute de longtemps, ajouta-elle avec mélancolie, si vous refusiez de m'accompagner.

Et Mme de Cerneux, les yeux obscurcis par quelques larmes, tendit la main à l'orpheline dont la mobile physionomie reflétait déjà la pénible émotion de la comtesse.

— Si cela peut vous être agréable, dit Alix, je serai heureuse de vous suivre. — Mais ces étoffes sont vraiment trop riches pour des réunions de campagne.

— Prenez toujours ; la richesse n'exclut pas la simplicité. Nous devons recevoir demain un envoi de ma marchande de modes et de ma lingère. Nous ferons un cours complet de toilette, et, si je ne me trompe, votre goût naturel devancera les leçons de ma vieille expérience.

— Dites que votre goût sera le mien. Je ne choisirai pas un bout de dentelle, un simple ruban, sans votre avis.

Mme de Cerneux embrassa tendrement Alix.

Le soir, les magiques petits carrés de soie restèrent sur la table, où les rayons de la lampe et la flamme vive du foyer les firent doublement resplendir. On causa modes et toilettes. M. de Sourdun, habitué aux régions privilégiées de l'élégance, et ayant toujours été placé de manière à épier les innombrables et presque insaisissables nuances de l'art de se vêtir, traita avec une supériorité remarquable ces sujets importans.

Oui, importans ! — bien que parfaitement méprisés par les esprits gravement futiles.

Qui comprend l'habit, connaît l'homme.

Un homme est trahi par la coupe de son frac, le nœud de

sa cravate, l'envergure de son gilet, le choix de son faux-col, les bigarrures de son pantalon.

La couleur de la robe, la dimension du chapeau, les plis du châle, la longueur des rubans, le nombre des bijoux, le parfum du bouquet,—dévoilent l'âme d'une femme.

Et ce n'est pas tout.

L'enveloppe, — fût-elle fraîchement échappée des mains des faiseurs en renom, — exige qu'on sache la porter!

On se compose une physionomie; mais un costume dont on n'a pas l'habitude n'est jamais qu'un déguisement. — L'observateur devine du premier coup d'œil si vous êtes dans l'intimité de votre habit.

L'étude approfondie de la toilette est donc une des branches les plus précieuses de la science psychologique.

Alix ne songeait guère à examiner ces questions transcendantes. Elle se bornait à manier de temps à autre les attrayans échantillons choisis en apparence par sa jolie main, —et en réalité par le regard de M. de Sourdun.

Mme de Cerneux écoutait René et regardait Alix.

La soirée s'en alla ainsi. Elle parut beaucoup trop courte.

XVII.

Restée seule, Alix ne se mit point au lit : — elle songea.

A quoi songea-t-elle?

D'abord à ce mot, à ce mot unique, échappé à sa vue de la bouche de René; — puis au regard qui avait accompagné cette parole si simple, si expressive :

« Enfin! »

Elle songea un peu aussi,—et c'était bien naturel!—à ses splendides robes, à la couleur des chapeaux qu'on attendait, aux visites qu'elle allait faire.

Mais, à la pensée de ces visites, Alix fut de nouveau piquée par le serpent du doute.

Pourquoi ces visites?... ce brusque changement de vie? ces somptueuses parures?

Ces parures!... seraient-elles les prémices de la corbeille? ces visites!... une première apparition dans le monde en qualité de fille adoptive de Mme de Cerneux et de fiancée de

M. de Sourdun?—Irait-on si vite?—Quel parti prendre?..... et au moment où arriverait la réponse de tante Marthe, apportant peut-être un bon conseil?

« Je gagnerai du temps, se dit Alix. Je ne ferai pas faire mes robes, et je renverrai mes chapeaux. — Je ne reculerai devant aucun sacrifice pour rester libre! »

XVIII.

Huit jours après, les belles robes étaient prêtes, — et Alix avait essayé deux chapeaux qu'elle trouvait charmans.

Le soir même de ce huitième jour, Mme de Cerneux lui dit en la quittant :

— Serez-vous assez bonne pour me sacrifier demain vos heures de peinture? — Nous causerons après le déjeuner.

— Je suis toujours à vos ordres, madame, répondit Alix d'un air contraint, pendant que la comtesse l'observait du coin de l'œil.

— A demain donc, reprit gaiement cette dernière, et, en attendant, bonne nuit, chère petite. Dormez bien, et réveillez-vous aussi fraîche que ce soir. Vous êtes jolie comme un ange.

Mme de Cerneux disparut. Alix resta immobile quelques minutes.

Le moment était décidément venu. On allait lui faire part de son propre mariage dont on avait probablement fixé le jour. Que dire? que faire? Passer pour folle! pour ingrate! — ou se laisser traîner au sacrifice!

Quelle alternative!

Mlle de Varency rentra dans sa chambre, tomba sur un fauteuil près de sa table à écrire, et fondit en larmes.

Après avoir inondé de pleurs les feuilles de papier éparses devant elle, Alix crut avoir une heureuse inspiration. Elle prit vivement une plume, et écrivit à Mme de Cerneux.

Dans cette lettre, qui était fort courte, elle priait la comtesse de lui permettre d'aller passer quelque temps auprès de sa tante. Elle lui disait qu'elle ne s'était point senti le courage de lui adresser cette demande de vive voix, et elle la suppliait de vouloir bien lui donner également son consentement par écrit.

XIX.

Le lendemain Alix descendit au salon en peignoir : ses cheveux, partagés sur le front, avec une absence de coquetterie évidemment calculée, se cachaient sous un bonnet de mousseline d'une simplicité à peine permise.

Cette tenue négligée n'était pas dans les habitudes de Mlle de Varency, dont Mme de Cerneux avait si heureusement et si facilement développé les instincts de distinction et d'élégance. Alix ne paraissait ordinairement au déjeuner qu'après avoir achevé sa toilette, dont les moindres détails étaient toujours pleins de goût et d'harmonie.

Après avoir embrassé la jeune fille, Mme de Cerneux recula de deux pas, et dit, de ce ton caressant qui déguisait chez elle la sévérité du blâme.

— Si je n'étais rassurée par vos belles couleurs et vos yeux vifs, je croirais, chère petite, que vous avez mal dormi, et que la cloche du déjeuner vous a éveillée en sursaut. — Mais non, je devine : vous vous serez oubliée si longtemps à admirer vos jolies robes, que vous n'aurez pas songé à vous habiller.

Alix, ayant pris dans la délicate intimité de Mme de Cerneux l'habitude d'entendre à demi-mot, comprit aussitôt la leçon. Elle demeura un instant interdite ; puis, cherchant avec effort un peu de ce courage dont elle se croyait si amplement pourvue, elle répondit avec une apparente insouciance :

— Vous avez raison, madame, j'ai été fort occupée de mes robes, mais seulement pour les serrer ; — je ne compte pas les mettre de longtemps.

— Ah ! dit la comtesse...

Puis, après une pause :

— Vous ne m'accompagnerez donc pas dans nos environs ?

— Si c'est à cause de moi, répondit Alix, que vous hâtez le moment de revoir vos voisins, comme vous avez eu la bonté de me le faire entendre, je vous prierai de différer ces visites ; — j'y tiens peu.

— Mais moi, j'y tiens beaucoup. Il y a trop longtemps

que je vous possède en égoïste : je dois céder un peu de mon bonheur. — Ma vanité, d'ailleurs, y trouvera son compte ; je me parerai de vous.

Dominée par une agitation qui croissait de minute en minute, et comptant les pas déjà faits par Mme de Cerneux dans la voie de l'explication prévue, Mlle de Varency ne trouva pas un mot de politesse en réponse aux cajoleries qui lui étaient adressées. Elle répliqua seulement :

— Je vous assure, madame, que je n'ai pas le moindre désir de faire de nouvelles connaissances.

— Je suis heureuse et reconnaissante de cette aimable pensée, reprit la comtesse ; mais je vous répète que je n'en profiterai point. On vous espère avec autant d'empressement que de curiosité. Je n'ai pas le droit de priver mes amis, qui devront être bientôt les vôtres, du plaisir de vous voir.

— De grâce, madame, dit la jeune fille avec une légère altération dans la voix, laissez-moi jouir encore un peu de la liberté de notre solitude.

— C'est impossible, ma chère petite. On compte sur vous ; il ne faut pas qu'on vous attende trop longtemps. On s'occupe de vous aujourd'hui ; on vous oublierait demain. En dépit de votre charmante individualité, vous auriez plus tard les torts problématiques de tout ce qui n'arrive pas à propos. Je ne veux pas être responsable d'une telle maladresse. — Allons, mon enfant, poursuivit la comtesse avec une fermeté douce qui n'admettait plus d'objections, prenez-en votre parti : nous commencerons notre course bientôt, lundi peut-être.

Alix ne répondit rien ; elle ne songea plus qu'à chercher un prétexte pour se retirer avant que Mme de Cerneux eût abordé le véritable sujet de la conversation. En attendant, elle avait glissé dans sa poche sa main mal assurée, pour y prendre la lettre destinée à la comtesse.

— Je conçois votre répugnance à paraître dans le monde, reprit Mme de Cerneux après un assez long silence. Vous vous méfiez de vous-même, et je vous en félicite : cette timidité sans gaucherie vous attirera toutes les bienveillances, et vous fera pardonner vos succès. Quant à moi, je jouirai de ces succès avec orgueil, avec bonheur, — dussent-ils même vous éloigner de moi, ajouta-t-elle d'un air malicieusement affectueux.

Alix pâlit, — de quelle émotion? elle-même, elle surtout! n'aurait pu le dire. Sa main froissa machinalement le papier déjà presque sorti de sa poche; puis ses beaux yeux, tout grands ouverts, se fixèrent sur la comtesse avec une telle puissance de curiosité, que la parole n'eût été qu'un accessoire superflu à ce regard si éloquemment inquisiteur.

Mme de Cerneux sourit.

— Pourquoi cette surprise, ma chère enfant? vous ne deviniez donc pas ce que j'avais à vous dire?...

Alix continua de se taire.

— Vous baissez les yeux; vous rougissez;... donc vous avez compris. Au fait, c'est bien simple. Je vous ai demandé une heure ce matin pour causer sérieusement de votre cher avenir. Vous allez avoir vingt-deux ans. Il est temps de songer à vous marier...

Alix restait toujours muette.

— Le moment est venu où il faut vous laisser voir, et voir un peu. Nos châteaux sont assez peuplés de jeunes gens qui ont de la naissance, de la fortune, et une réputation recommandable. Quant aux avantages personnels ils n'entrent pas en ligne de compte, chacun les appréciant selon ses yeux et sa tournure d'esprit ou de cœur; vous seule en serez juge. — Mais, encore une fois, ne vous effrayez point d'entrer dans un monde qui est le vôtre, où l'on vous désire, où l'on vous attend, où l'on est, sans nul doute, impatient de vous fixer.

Pendant que Mme de Cerneux variait son thème avec la grâce mobile de son esprit, la solidité de sa raison et la bienveillance inaltérable de son caractère, Alix redevenue, en apparence du moins, maîtresse d'elle-même, avait pris le maintien de sa position. Le nuage sérieux qui voilait ses traits, son attitude pensive, le mouvement nerveusement distrait dont elle tourmentait le bras de son fauteuil, le regard perdu qu'elle laissait vaguement errer sur le foyer, l'obstination même de son silence, — exprimaient, à s'y méprendre, l'embarras qu'éprouve, au seul mot de mariage, la jeune fille élevée à l'ombre des convenances du monde; ce mot, impertinent écho de sa pensée habituelle, lui semblant toujours une indiscrétion.

Mlle de Varency, protégée par cette attitude de pruderie naïve, cherchait à se rendre compte de la nouvelle situation qui se dessinait devant elle ; mais elle l'essaya longtemps en vain. La secousse violente qu'elle venait de subir, avait changé brusquement son point de vue, déplacé et confondu les objets à son horizon. Fatiguée de cet étourdissement moral, elle ne pouvait renouer le fil de ses idées. A l'instant même où elle prêtait une attention intense, fébrile, à Mme de Cerneux, où elle notait chaque phrase, chaque mot, chaque syllabe, — elle croyait écouter à travers la confusion d'un songe; elle se demandait et se redemandait avec une stupeur :

« Ai-je entendu ? ai-je compris ? »

Le jour se fit enfin dans son esprit troublé : les faits s'y classèrent ; elle en déduisit les conséquences.

Elle se dit :

« Mme de Cerneux me parle de mariage sans nommer son neveu , donc M. de Sourdun ne songe point à moi.

» Il est certain que M. de Sourdun a le projet de se marier ; — donc il a choisi une femme.

» Cette femme ne peut convenablement s'installer chez Mme de Cerneux pendant que j'y suis ; — donc je dois partir.

» Je ne puis partir qu'en me mariant, — donc il faut me trouver au plus vite un mari, n'importe lequel. »

Ces conclusions étaient, on le voit, parfaitement logiques, — en sorte qu'elles ne prouvaient rien. Confiez à la logique des prémisses vraies, elle vous rend laborieusement une sottise.

C'est l'orgueil humain qui a inventé la logique pour ne pas s'humilier devant la vérité qu'il ne lui est pas donné de comprendre.

Aussi la logique est-elle à la vérité ce que le raisonnement est à la raison.

La logique, qui vient de l'homme, mène l'esprit à l'absurde et le cœur au désespoir ; — la vérité, qui émane de Dieu, conduit l'esprit à la lumière et le cœur à la paix.

Alix, qui faisait dans ce moment beaucoup trop de logique sans le savoir, devait infiniment souffrir. Elle souffrait effectivement, et, comme tous ceux qui sont mal à l'aise dans l'heure présente et redoutent celle qui suivra, elle se rejetait dans le passé.

Alix rappelait, jour par jour, ces deux derniers mois où

elle s'était crue malheureuse : elle se demandait de bonne foi s'il était vrai qu'elle eût eu à se plaindre de quelqu'un ou de quelque chose ; — puis elle se reprochait d'avoir fait, elle seule, tous les frais de son chagrin.

Elle ne pouvait plus accuser Mme de Cerneux d'avoir pour elle une affection égoïste et tyrannique ; — il fallait reconnaître que la comtesse se résignerait on ne peut plus facilement à se passer d'elle.

Il n'était plus question pour elle de savoir quels étaient au juste les sentimens qu'elle avait inspirés à René ; — mais de s'avouer qu'elle ne lui en inspirait aucun.

« Si je l'avais aimé !.., » allait se dire Alix... Mais un éclair de vérité, si vif qu'il en fut douloureux, traversa rapidement son âme. Elle tressaillit, et sentit un flot de larmes jaillir de son cœur à ses paupières.

Cependant la volonté fut la plus forte : la fière jeune fille refoula énergiquement les pleurs qui étaient près de la trahir, leva la tête, et regarda enfin Mme de Cerneux.

— Vous ne répondez pas, lui dit cette dernière en prenant sa main brûlante ; vous semblez réfléchir? Et pourtant, je ne vois pas matière à réflexion dans ce que je viens de vous dire? Il ne s'agit point d'accepter ou de refuser un mari d'ici à demain, — mais d'en choisir un qui vous convienne. Ce n'est pas bien effrayant.

— Madame, balbutia Mlle de Varency, madame... je...

— Voici René, dit à demi-voix la comtesse en posant un doigt sur ses lèvres ; je reconnais son pas.

C'était en effet M. de Sourdun. Il était en habit de chasse, et paraissait avoir marché longtemps.

Il salua Mlle de Varency, puis, serrant la main de sa tante :

— Mille pardons, dit-il, d'être venu de si bonne heure. J'ai fait une chasse magnifique ; mon carnier était plein. J'ai déposé les perdreaux à l'office ; et je n'ai pu résister au désir de vous dire bonjour en passant. Je m'en vais de suite.

— Non, dit Mme de Cerneux ; vous voilà, vous resterez.

— Quelqu'un m'attend chez moi.

— Tant pis pour « quelqu'un. » Je vous ai, je vous garde.

Les pensées tumultueuses de Mlle de Varency avaient cédé comme par enchantement, depuis l'arrivée de M. de Sourdun, à une préoccupation unique et d'une suprême importance.

Alix n'avait plus songé qu'au chétif aspect de son peignoir ;

à son bonnet garni d'une valenciennes d'un doigt de hauteur; à la dentelle de sa collerette, digne tout au plus d'une convenable camisole de nuit : — elle avait jeté un coup d'œil sur la glace, et s'était trouvée coiffée à faire peur.

L'agitation passionnée qui la tenait depuis une heure sous son influence, avait prêté, il est vrai, à sa physionomie cette idéale beauté qui ne tient ni à l'ordonnance de la coiffure ni à la recherche des vêtemens; — mais Alix, en véritable jeune fille, ne comptait pas sur cette compensation : au contraire, elle se trouvait d'autant plus laide en pensant que son émotion avait laisser des traces sur son visage.

Elle essayait donc, précipitamment et à la dérobée, d'arrondir ses bandeaux, et de redresser les plis de son peignoir, pendant que M. de Sourdun causait avec sa tante.

Lorsque René eut fini d'échanger quelques mots insignifians avec Mme de Cerneux, il s'approcha d'Alix, et lui renouvela ses excuses ;—puis, la regardant d'un air courtoisement surpris, et visiblement satisfait :

— Quel bonheur ! dit-il, nous nous sommes donné le mot ; vous êtes aussi en négligé du matin : vous aurez été retenue par vos fleurs comme moi par les perdreaux ! — Ou plutôt, c'est pure coquetterie, ce petit bonnet vous sied à ravir, et ce peignoir est d'une grâce singulière...

Alix rougit : M. de Sourdun la regardait toujours.

— Restez ainsi, mademoiselle, dit-il encore, je vous en supplie ; c'est le seul moyen de me laisser croire que vous ne me renvoyez pas.

Mlle de Varency consulta timidement du regard Mme de Cerneux.

— René a raison, dit la comtesse, il est trop tard pour vous habiller ; ne me privez pas de votre chère compagnie comme vous avez déjà fait hier : nous sommes entre nous, et nous n'attendons personne. Il faut d'ailleurs causer à fond de nos préparatifs pour lundi.

— Je mettrai ma jolie robe grise, dit gaîment Alix.

Et tirant lestement sa lettre de sa poche, elle la jeta au feu.

FIN DE LA PREMIÈRE PARTIE.

DEUXIÈME PARTIE.

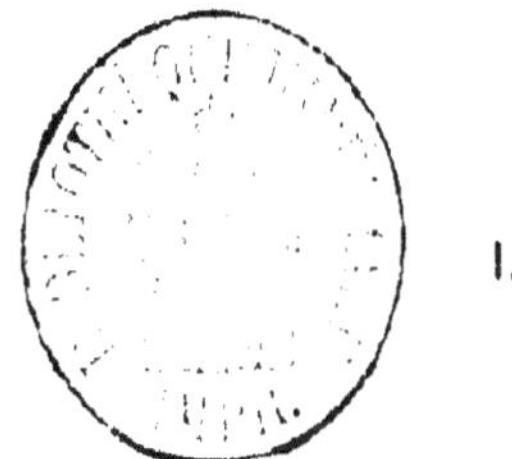

I.

Mme de Cerneux et Alix firent plusieurs visites.

Elles virent des maîtresses de maison qui avaient toujours l'intention de se montrer gracieuses et qui réussissaient quelquefois à le paraître; — des jeunes personnes agréables qui, tout en prodiguant leurs caresses à Mlle de Varency, épiaient avec l'instinct d'observation particulier à leur sexe et à leur âge, la moindre irrégularité de ses traits, la moindre imperfection de sa mise; — des grands pères et des oncles, casaniers par lassitude ou par goût, qui, éprouvant une certaine difficulté à dépenser les heures de digestion, accueillaient les nouveaux visages avec une courtoisie égoïste;—et enfin quelques chefs de famille en resplendissante maturité, sacrifiant quelques-uns de leurs précieux instans aux exigences de la politesse.

Mais Mme de Cerneux et Alix ne rencontrèrent nulle part « un jeune homme. » Les joues à fraîcheur encore laiteuse à peine ternie par l'ombre d'un imperceptible duvet, les contours plus mâles déjà ornés luxueusement de favoris et

4

de moustaches, — se faisaient également invisibles. Ces représentans des espérances du pays, appelés vulgairement « jeunes gens à marier, » semblaient avoir disparu sous le charme d'une baguette magique.

Leur passage se trahissait bien de temps en temps par quelques indices : un pan de blouse filant comme une flèche le long d'une allée, un fusil dans un coin, une gibecière sur un meuble, un pas fuyant trahi par une porte mal close, et surtout et toujours l'odeur envahissante du tabac se mêlant aux parfums des fleurs qui s'épanouissaient dans les appartemens.

Mais, — à l'exception du tabac, — ces indices étaient si légers! si faibles!

On eût vraiment craint que ces châtelains si bien établis ne fussent tous privés d'héritiers, si l'existence de leurs rejetons n'eût été constatée par ces doléances polies :

— Quel dommage que Jules soit à la chasse!

Ou bien :

— Charles sera au désespoir d'être allé à la chasse.

Ou bien encore :

— Frédéric ne se pardonnera jamais d'avoir si mal choisi son jour de chasse.

Légères variantes d'un thème assez monotone, auxquelles on se hâtait d'ajouter d'un air de bonne foi :

— Mais Jules prendra bientôt sa revanche.

— Mais Charles saisira la première occasion de réparer sa maladresse.

— Mais Frédéric ira le plus tôt possible exprimer lui-même ses regrets.

Nos lecteurs savent trop leurs salons pour qu'il soit besoin de leur dire que tous les voisins, gens de fort bonne compagnie d'ailleurs, avaient rendu à Mme de Cerneux sa visite de rentrée dans le monde, sans être accompagnés ni par Jules, ni par Charles, ni par Frédéric.

La comtesse ne paraissait nullement surprise de l'éclipse des jeunes visages masculins, mais Alix se demandait vainement l'explication de cette singularité : « Une fille de vingt ans, noble, riche, de passable tournure, daignant faire les premiers pas vers ses admirateurs et ne devinant l'existence de ces derniers qu'à l'empressement et au parfait accord de leur fuite! » Aucun souvenir de ses lectures ou de ses entretiens avec sa tante ne rappelait à Alix cette situation bizarre.

Était-ce abus de modestie? Se serait-il trouvé en France une douzaine de jeunes gens pourvus d'un tel défaut? Alix, en fille d'esprit, ne s'arrêta pas un instant à cette étrange supposition. Elle mit à errer de conjecture en conjecture.

Puis enfin, lorsqu'un second, un troisième, un quatrième échange de visites eut produit exactement le même résultat, Mlle de Varency ne put se dissimuler que sa surprise ressemblait tant soit peu au désappointement. La jeune fille souffrait tout à la fois dans sa curiosité et dans sa vanité, ces deux instincts si bien identifiés avec l'organisation féminine qu'au lieu de la gâter, ils la complètent.

Un jour qu'elle se livrait silencieusement à cette irritation intime, elle entendit M. de Sourdun dire à Mme de Cerneux :

— Vous avez dû trouver Jules fort bien. Il a des yeux très spirituels.

Alix crut saisir dans ces mots une intention railleuse, et il lui sembla entrevoir un faible jour dans le labyrinthe de suppositions où elle s'égarait depuis quelque temps.

« Oui, se dit-elle, si l'on m'évite, — c'est qu'on regarde mon mariage avec M. de Sourdun comme une affaire conclue. »

Mlle de Varency ne put se venger, même indirectement, sur M. de Sourdun, de ce nouvel accès de mauvaise humeur. Comment l'aurait-elle querellé? Il ne paraissait plus que rarement au château, y restait peu, et s'abstenait, avec une convenance parfaite, d'accompagner sa tante.

II.

Pour se distraire de ses fâcheuses préoccupations, Alix observa. Les sentimens féminins aigre-doux dont elle se sentait l'objet lui offrirent d'abord une étude assez curieuse et pleine d'attrait pour elle. Comment rester insensible à l'envie qu'on inspire?

Mais cette suprême flatterie, qui coûte si cher à ceux qui la donnent, perdit bientôt sa piquante saveur. Que faire de l'envie d'un sexe si elle ne vient en aide à l'admiration de l'autre?

Blasée sur la malveillance mielleuse des caquetages de femmes, souvent plus frivoles que légers, Mlle de Varency écouta les hommes graves.

L'essai ne fut pas heureux.

Ces hommes, qui n'étaient dépourvus ni d'intelligence ni d'instruction, paraissaient avoir parqué leurs facultés dans un certain espace. Arrivés au milieu de la vie, ils semblaient s'être débarrasés de tout ce qui n'était pas indispensable au voyage, jonchant peu à peu leur chemin de toutes les superfluités : « Poésie, fantaisie, rêverie, enthousiasme. »

Cette économie de bagages inutiles est d'ailleurs généralement plus caractérisée chez les individus favorisés par le sort de domiciles champêtres. Quelques-uns de ces messieurs sont si ingénieusement sobres des dépenses de la pensée, qu'ils n'appliquent la parole qu'à rappeler dans leurs momens de loisir, les choses plus ou moins fastidieuses dont ils remplissent leur vie. — Cette manière de causer est, à ce qu'il paraît, des plus intéressantes pour eux-mêmes, mais elle est peut-être moins appréciée des personnes qui regardent la conversation comme un moyen de se distraire.

Alix en fit l'épreuve.

La seule figure qui eût un peu captivé l'attention de Mlle de Varency, était M. de Norbert, un vieux garçon très laid, très pauvre, lequel, dispensé de prétentions personnelles, et toujours hostilement préoccupé de celle d'autrui, mettait son cœur en réserve pour de rares occasions et se servait sans la moindre gêne de son esprit aigu et tranchant, — procédé de tout temps infaillible pour se faire une assez bonne place dans le monde.

Norbert se tenait à l'affût de toutes les réputations nouvelles. Il les arrêtait au passage, les saisissait, les maniait et remaniait en tous sens, faisant fondre, sous la pression de sa griffe dure et pesante, celles dont l'ampleur n'était que de l'enflure.

Il faisait prompte justice de la minauderie qui grimaçait la grâce, du jargon qui parodiait l'esprit, de la pédanterie qui singeait le savoir, de toutes les parodies du beau et du bien.

Norbert, il faut cependant le reconnaître, s'acquittait avec prudence et mesure de la mission qu'il s'était donnée. Il ne se jetait pas étourdiment dans les embarras de la calomnie : il dédaignait le supposé, le probable et même le vraisemblable; il s'en tenait au vrai qui lui semblait suffisamment riche : il voyait clair et frappait juste. Quand il écrasait une turpitude, c'était d'un pied leste et hardi : quand il souffletait une sottise, c'était d'une main assurée.

Aussi n'était-il pas, à dix lieues à la ronde, un succès qui ne relevât de l'opinion de Norbert, — opinion toujours laconiquement exprimée, et ne se manifestant bien des fois que par le silence.

III.

C'était le 4 novembre. Quarante personnes, parmi lesquelles se trouvaient la comtesse de Cerneux, Mlle de Varency et M. de Sourdun, étaient rassemblées, vers six heures, dans la salle à manger d'un fort beau château, où la marquise d'Augères célébrait chaque année, à pareil jour, la fête de la Saint-Charles par un dîner largement fastueux.

Jamais la marquise n'avait apporté tant de soins à l'ordonnance du repas et ne s'était montrée si méticuleuse quant au choix des convives. C'est que le motif apparent et banal de cette réunion n'était qu'un prétexte servant à déguiser l'invitation très significative faite à Mme de Cerneux, invitation à laquelle Mme d'Augères attachait une extrême importance.

La comtesse de Cerneux, en rentrant dans le monde, allait y resaisir, sans nul doute, l'influence qu'elle y avait eue autrefois; elle reprendrait possession de la première place, de cette place que sa retraite avait laissée longtemps vacante, et que Mme d'Augères ne s'était jamais flattée sérieusement d occuper.

Mme d'Augères était de fort bonne noblesse, tenait un bel état de maison, ne manquait ni d'esprit ni de cette bienveillance de convention qui vaut à celle qui a su l'acquérir le titre sans conséquence de « bonne personne ; » elle réunissait à peu près les conditions voulues pour se trouver le centre rayonnant de nombreux satellites; — et pourtant elle s'avouait qu'un astre nouveau n'aurait eu qu'à paraître pour l'éclipser.

Que lui manquait-il ? — La seule chose qui puisse compléter une position : « l'influence morale. »

La marquise d'Augères s'était un jour trouvée veuve d'un brillant gentilhomme qui s'était ruiné avec une désinvolture du meilleur goût, — et mère d'un très joli marquis, lequel promettait de suivre lestement les traces de son père. Se sentant inhabile à modérer le pas de cet agile héritier, elle avait cherché un moyen quelconque de seconder le moins désagréablement possible une vocation si sûre d'elle-même. Or, quand on en est arrivé à chercher « un moyen quelconque, » on est à peu près certain de le trouver ; ce n'est plus qu'une question de temps ou d'occasion. — L'occasion s'offrit à Mme d'Augères sous la forme d'un ancien fabricant de ces estimables poteries de Provence, lesquelles sont presque toujours au feu, et en reviennent quelquefois.

Le digne gros bonhomme, initié depuis peu aux douceurs de la vie privée, étant venu faire un tour à Paris, se montra par hasard aux yeux de la marquise, tenant d'une main un portefeuille à son image, de l'autre Mlle Clorinde, son unique enfant, une petite brune aux yeux gris, fruit dégénéré du soleil de Marseille.— Le portefeuille et la jeune fille étant inséparables, les deux choses furent passées au petit marquis d'Augères, qui livra en échange son nom, un beau nom! la seule de ses propriétés que la lèpre de l'hypothèque n'eût pas envahie.

Ce qui avait fait dire à M. de Norbert :

« Il paraît que les vieux titres et la faïence neuve ont la même cote au marché. »

Après ce mariage il y avait eu au château d'Augères deux femmes ayant droit au titre de marquise, et une seule s'en réservant la jouissance.

Or, une des deux, celle qui faisait à l'autre l'honneur de dépenser l'argent que cette dernière avait apporté, ne se trouvait que médiocrement satisfaite. La douairière avait guéri radicalement, au moyen de ce cataplasme d'or, les profondes plaies de sa fortune ; elle avait sauvé du naufrage et comptait arrondir notablement la dot de sa fille ; elle avait fait crépir son grand château du haut en bas, tout en revernissant son blason ; — et cependant elle trouvait, l'exigeante ! qu'il lui manquait encore quelque chose.

lui manquait, on l'a déjà dit, cette influence morale que l'or ne peut acheter ni racheter.

Le mariage de M. d'Augères n'était pas, en effet, ce qu'on eût appelé jadis une simple mésalliance ; — c'était positivement une sotte alliance.

Le marquis n'avait pas accolé son vieux nom à un de ces noms justement considérés qui rappellent des carrières honorablement parcourues, des services rendus au pays, des succès littéraires ou artistiques, ou les loyaux résultats d'un travail hardi et intelligent.

On ne pouvait même faire valoir, comme circonstance atténuante, les charmes personnels de Mlle Clorinde.

Non. Il fallait bien reconnaître que M. Bridoux ne possédait que ses écus, et que sa fille n'était pas plus riche que lui. — La seule différence qui existât entre les deux générations, c'est que la fille, placée dans un pensionnat, y avait désappris le provençal sans y apprendre infiniment de français ; tandis que le père en était resté, quant à l'instruction et aux manières, juste au point où il se trouvait aux plus beaux jours de son apprentissage en poterie.

Aussi la douairière avait-elle grand soin de ne laisser parvenir jusqu'à elle aucun indiscret, les jours où le beau-père de son fils, venant apporter les intérêts de la portion de dot dont il s'était prudemment réservé le capital, disait de sa grosse voix paterne, et avec un ton de jubilante intimité :

— Voilà le magot, belle dame. Eh ! c'est pas de refus. — Et notre petite marquise ? — Et Auguste, où est-il ? — Encore son mal de tête ! Il l'a toujours quand je viens ! — Ah ! *pichioun* ! Ah ! le pauvre ! — C'est pas moulé comme nous. — Des mauviettes, *pecaïre* !

Il fallait que la marquise fît ces jours-là des efforts inouïs pour ne pas intimer aux laquais payés de la bourse de Bridoux l'ordre de jeter à la porte un allié si compromettant.

La position était en vérité pleine d'épines, de ces épines presque invisibles à l'œil nu, dont les piqûres sont si cruelles.

Quand on venait chez la marquise, — et l'on y venait parce qu'il fallait bien se désennuyer quelque part, — la pauvre femme se sentait comme seule ; on eût dit qu'un lien mystérieux s'était brisé entre elle et ses anciennes relations.

Lorsqu'elle avait donné à ses voisins un de ces dîners mémorables qu'ils honoraient d'un si flatteur appétit, elle croyait toujours entendre bruire à son oreille quelques-uns de ces méchans propos de circonstance qui prouvent combien peu est en honneur la reconnaissance de l'estomac. Tout ce qu'elle devinait, ou seulement soupçonnait, lui était d'autant plus douloureux, qu'elle trouvait d'ailleurs cette hostilité fort naturelle, et s'avouait qu'à la place d'autrui elle n'eût pas été plus indulgente.

Norbert était le seul qui s'abstînt de ces digestions ingrates. La remarque faite jadis par lui au sujet du mariage Bridoux lui ayant valu, de la part de Mme d'Augères, des invitations nombreuses, le vieux garçon avait du moins donné son silence, faute de mieux, en échange de son couvert.

Mais cette louable neutralité, bien que d'une extrême importance, ne pouvait tout au plus qu'adoucir l'incurable malaise de la marquise, malaise que la réapparition inopportune de la comtesse de Cerneux avait aggravé d'une manière cruelle.

Quel parti prendre? Faire bande à part? Se retrancher dans son camp? C'eût été un procédé de médiocre compagnie, et de plus une tentative malheureuse ; Mme d'Augères, connaissant à fond ses meilleurs amis, était parfaitement sûre qu'ils se feraient un devoir de lui tourner le dos, du moment qu'ils espèreraient trouver ailleurs des dîners aussi bons que les siens.

La marquise avait jugé plus habile de tenter le partage d'une place dont elle n'avait joui que pendant une éclipse, de s'appuyer sur Mme de Cerneux au lieu de se poser en puissance rivale. — Mettant aussitôt son projet à exécution, elle avait rendu à la comtesse trois visites pour une, et l'avait invitée avec une insistance qui n'eût pas comporté de refus.

Ses avances avaient d'ailleurs un autre but de majeure importance. Il fallait marier Mlle Caroline d'Augères, et trouver dans ce mariage un ample dédommagement de l'alliance Bridoux. Or, M. de Sourdun, jeune, aimable, bien fait, possesseur d'une belle fortune et de l'un des noms les plus purs de la vieille noblesse, lui semblait être au monde tout exprès pour réaliser cette fantaisie.

La présence d'Alix chez la tante de M. de Sourdun contrariait bien un peu la marquise ; mais cet obstacle ne lui paraissait pas une impossibilité. Depuis que M. de Sourdun s'était fixé dans le pays, — il y avait plus de six mois! — il n'avait été nullement question de projets de mariage entre lui et Alix.

Donc il n'y avait rien de convenu.

Et dès-lors, René, parfaitement libre, n'hésiterait pas entre Mlle de Varency et Mlle d'Augères, celle-ci étant adorable, élevée d'une manière brillante, — et surtout la plus riche des deux, raison concluante pour la marquise.

IV.

Parmi les invités de Mme d'Augères se faisaient remarquer les échantillons les plus intéressans de la jeunesse mâle des environs.

Tous avaient remplacé, avec un succès incontestable, la lourde guêtre par le fin soulier verni, la blouse aux plis capricieux par l'habit sévère, la riante chemise de couleur par l'éclat sérieux d'un linge superfin, les rondes façons, le langage familièrement énergique du chasseur et du campagnard par le maintien posé et l'accent contenu de l'homme de salon.

Ces messieurs daignaient enfin se laisser voir. Ils daignaient même regarder!

Mais cette double condescendance ne paraissait leur être que médiocrement agréable. On les voyait, de temps en temps, passer une main sur leur front, comme pour en écarter un poids fatigant,—puis mesurer du regard l'imposante circonférence de la table, en ayant l'air de calculer combien de bêtes à poil et à plume, combien de formes et de nuances d'entremets, devraient circuler encore avant qu'ils eussent repris possession de leurs individus captifs.

Leurs appréhensions étaient cependant exagérées, — nos dîners ne ressemblant guère aux repas d'autrefois, où nos pères se réunissaient dans le double but de manger longuement d'excellentes choses, et d'en dire assez souvent de spirituelles.

Aujourd'hui on ne s'invite plus ni à manger ni à causer; — on s'assied et on regarde. — Le couvert est éblouissant. C'est un étalage d'orfèvrerie, un bazar de porcelaines, un parterre aux mille parfums; — mais ce n'est plus une table où l'on dîne.

On croirait tout au plus destinées à ce prosaïque usage les pyramides de sucreries, les corbeilles de fruits exotiques, les pâtisseries aériennes, semées çà et là parmi ces merveilles d'élégance et usurpant les places que de solides et succulentes entrées remplissaient jadis avec honneur.

Mais, dès qu'on déplie sa serviette, on comprend, à n'en plus douter, que tout cet appareil séducteur n'a d'autre but que le plaisir des yeux.

Le service a des allures si lestes qu'on dirait un escamotage! Les laquais officieux font circuler avec une prestesse de si bon goût les mets tant soit peu substantiels, et les portions qu'ils distribuent sont si discrètes! — qu'ils témoignent assez de leur mince estime pour de pareilles vulgarités.

Si le bon vouloir excessif des amphitryons d'autrefois, lesquels faisaient eux-mêmes les honneurs de leur table, avaient l'inconvénient de procurer à leurs invités des digestions un peu lourdes, il faut reconnaître que cet abus d'hospitalité a subi une réforme salutaire, — et qu'on peut, de nos jours, se munir sans crainte d'un déjeuner solide lorsqu'on doit assister à une de ces rapides et luxueuses représentations inventées pour constater notre dédain des misérables satisfactions d'un grossier appétit.

Et cependant, l'humanité se débarrasse si difficilement de ses instincts! sa méfiance est si tenace pour ce qu'on lui propose sous prétexte de progrès! — qu'on entend tous les jours des gens d'un goût assez mesquin pour rester amoureux de nos vieilles coutumes! pour regretter, en se mettant à table, la vue de la vaste soupière d'où s'exhalait cet arôme si véritablement français, une des gloires traditionnelles de la cuisine nationale!

C'est que les arriérés ne se rendent pas bien compte de certains avantages des usages nouveaux: — des notables économies des maîtresses de maison, — de l'économie de paroles et d'esprit, qui n'est pas sans quelque valeur, — enfin de l'incalculable économie de temps si précieuse de nos jours où tout passe si vite.

Les usages récemment importés des grands centres élégans n'ayant pas encore en province d'assez profondes racines pour que leurs conséquences y soient pleinement appréciées, Mme d'Augères, qui avait d'excellentes raisons pour tenir à ce qu'on vînt et à ce qu'on revînt chez elle, n'avait à la vérité sacrifié à la mode que l'indispensable; ses dîners étaient à peu près réels : la marquise exerçait, le plus souvent possible, les anciennes prérogatives d'une maîtresse de maison en s'occupant de chacun de ses hôtes; elle offrait de ceci, de cela; elle réitérait même son offre toutes les fois qu'elle devinait que l'insistance ne serait pas une indiscrétion.

De si légères infractions aux exigences modernes n'auraient pas dû néanmoins faire craindre une trop longue station dans la salle à manger aux jeunes gens qui l'honoraient de leur présence. — On ne s'expliquait pas d'ailleurs leur impatience mal déguisée de locomotion, en les voyant assis à côté de femmes de leur âge, parées à la fois de grâces naturelles et de chiffons du meilleur goût.

Pourquoi ces nonchalans dédaigneux laissaient-ils à peine errer quelques regards distraits sur cette radieuse guirlande d'agréables visages et de fraîches toilettes? Pourquoi paraissaient-ils insensibles au charme d'élite qui entoure la femme d'un monde élégant et délicat? Pourquoi semblaient-ils étrangers à ce vif et honnête désir de plaire qui est la poésie des relations civilisées?

Alix s'adressait en vain ces questions en observant ces physionomies d'expressions si diverses, toutes également obscurcies par un ennui glacial; puis enfin, remontant aux romanesques réminiscences de ses premières lectures, elle finit par se demander, avec un effroi plein de compassion, « si quelque douloureux mystère aurait déjà étendu son ombre sur le chemin de ces jeunes hommes à peine entrés dans la vie? »

V.

Les femmes de goût, telles que Mme d'Augères, évitent avec soin de rassembler à la même table des personnes qui ne se sont jamais rencontrées. C'est le moyen de faire naître, parmi leurs hôtes, cet abandon cordial résultat d'une certaine communauté de souvenirs et d'habitudes.

Dans ces dîners-là, il arrive toujours un moment où la politesse bienveillante des rapports ordinaires se change en une éphémère intimité; cette gracieuse métamorphose a généralement lieu vers la fin du second service.

Alors la conversation s'éveille spontanément; on s'interpelle, on se répond; les voix se croisent, s'animent, s'élèvent peu à peu au dessus du bourdonnement monotone qui accompagne les premiers actes du repas.

Cette expansion, — produit facile des lèvres doublement actives qui éprouvent le besoin de faire succéder à la satisfaction de savourer des mets agréables celle de laisser couler abondamment des mots, quelquefois même des idées, — a un excellent résultat.

Elle établit dans une réunion nombreuse cette familiarité polie et pleine de réserve, un des caractères distinctifs de la bonne compagnie. Elle favorise les échanges de pensées à demi-mots, les remarques à deux faites du coin de l'œil et du bout des lèvres; ces confiances d'esprit, quelquefois de cœur, soudaines, irrésistibles, qui font lire en même temps deux âmes l'une dans l'autre; livre toujours charmant, — peut-être parce qu'on s'en tient à la première page!

Alix était bien loin d'éprouver aucune de ces impressions. Elle avait à sa droite un personnage considérable qui épuisait en sa faveur les banalités dont se compose le dictionnaire de poche des salons; elle avait à sa gauche un beau jeune homme à barbe de jais qui, après lui avoir offert le discret hommage de trois ou quatre mots, s'était renfermé dans un mutisme absolu, et paraissait n'avoir d'autre occupation que d'échanger des regards saturés d'ennui avec un autre jeune homme pourvu d'une barbe d'or.

L'ennui qui dominait le voisin de gauche, et celui qui

était libéralement communiqué par le voisin de droite, se fussent bientôt reflétés sur le visage d'Alix, si la jeune fille n'eût été soustraite au péril de ces deux influences par une vive préoccupation.

L'homme grave qui était à sa droite avait à la sienne Mlle Caroline d'Angères, près de laquelle se trouvait M. de Sourdun.

Or, parmi les quelques voix maintenues au ton voilé du tête-à-tête, Alix distinguait la voix de René; elle recueillait même quelques-unes de ses paroles : ces paroles semblaient se briser avec douceur; elles se perdaient dans des inflexions flatteuses; elles questionnaient, elles répondaient surtout.

De la part de Caroline, c'était comme un gazouillement vif, mêlé de petits cris argentins et d'éclats de rire étouffés avec art, — joyeux et coquets préliminaires à l'usage des jeunes et aimables personnes qui, décidées à ne pas faire solitairement le pèlerinage de la vie, espèrent avoir enfin rencontré un convenable compagnon de route.

Mlle Caroline donnait d'ailleurs à ces préliminaires un peu plus de latitude que ne le font habituellement les jeunes filles d'un certain monde. Elevée avec son frère, qui n'avait jamais quitté la maison paternelle, Caroline avait partagé ses jeux d'enfant et ses distractions de jeune homme. Elle aimait son cheval au moins autant que son piano, chaussait la guêtre de cuir comme le brodequin satiné, maniait le pistolet aussi adroitement que le ruban ou la dentelle, — et attendait avec impatience que le mariage l'autorisât, sous prétexte de dévouement conjugal, à orner sa bouche d'une cigarette.

Caroline, en un mot, se piquait d'être une bonne fille, ou plutôt un joyeux garçon et un excellent camarade.

VI.

C'est un agréable instant que celui où l'on rentre au salon après avoir quitté la table. On a tout à la fois le plaisir d'avoir bien dîné, et celui d'avoir fini de dîner. On retrouve la liberté de mouvemens, l'air pur, le foyer qui réchauffe au lieu du calorifère qui étouffe. Les convives ne sont plus reconnaissables, on voit qu'ils ont rompu ensemble le pain de l'hospitalité ; ils se cherchent, se trouvent, sont à l'aise : tous les bons sentimens humains semblent être alors à l'état d'éclosion artificielle, s'épanouissent à la hâte, se pressent de fleurir et de vivre... une heure peut-être !

Une heure c'est beaucoup, c'est trop sans doute ! Mme d'Augère ne l'obtint pas. — Et cependant la marquise était dans un de ces momens d'attrayante humeur dont l'influence est presque irrésistible !

Elle s'ornait, avec un naturel rempli d'art, des sentimens les mieux portés ; montrait, envers ses hôtes, un empressement hors ligne ; et affichait une tendresse de bon goût pour sa bru, — bien digne d'ailleurs de cette condescendance par l'intelligence toute particulière avec laquelle elle remplissait son rôle muet.

Mme d'Augères avait nommé deux ou trois fois « le parfait, l'excellent M. Bridoux, » le riche « banquier » de Marseille, — exprimant même son regret de ne l'avoir pas vu à sa table avec tout l'aplomb que lui donnait un éloignement de deux cents lieues.

Malgré tant d'ingénieux efforts, le salon se dépeupla pendant plus d'une heure. Après avoir admiré les porcelaines où s'épanchaient, comme de l'or bruni, les flots parfumés du moka ; après avoir analysé les mérites sévères ou suaves des vénérables liqueurs qui chatoyaient dans les cristaux, et avoir vanté les splendides jardinières où des gerbes de fleurs étalaient leurs capricieuses beautés,—presque tous les hommes avaient disparu. Ceux qui restèrent formèrent un groupe et se mirent à causer entre eux à l'écart et à voix basse. Le cercle féminin ne conserva que M. de Norbert et M. de Sourdun.

La présence de ce dernier surprit beaucoup la marquise, et lui fit concevoir d'agréables espérances.

Jamais René n'avait été d'un enjouement si finement gracieux ; jamais ses yeux, d'un éclat un peu voilé, n'avaient accompagné d'une expression aussi attachante les mille riens qui brodent le tissu léger de la conversation des gens du monde.

René savait causer avec les vieilles femmes et avec les jeunes ; les premières le trouvaient aimable comme un souvenir, les secondes comme une singularité : les jeunes femmes ont une telle habitude de ne s'entendre à peu près rien dire,— à moins qu'on n'ose leur dire trop!

La seule qui ne parût pas apprécier complètement l'impartialité des attentions de M. de Sourdun, était Mlle d'Angères. Caroline n'avait qu'une pensée : renouer avec de Sourdun l'entretien que la fin du dîner avait brusquement interrompu.

Caroline avait, il est vrai, continué cet entretien pendant qu'elle s'était appuyée sur le bras de René pour passer de la salle à manger au salon : elle avait même prolongé autant que possible ce trajet qui lui avait paru si court. — On conçoit cependant qu'elle eût encore infiniment à dire, et désirât surtout infiniment écouter.

Mais, pour renouer ce précieux entretien, il fallait éloigner M. de Sourdun du groupe charmé dont il animait la causerie.

Caroline se leva, courut à son piano splendidement éclairé, et joua les premières mesures d'une brillante fanfare — si hardiment, si vivement! que les murmures des voix cessèrent, et que les jeunes filles, attirées par le bruit, vinrent se presser autour de l'instrument comme un essaim de joyeux oiseaux.

Caroline alors s'arrêta court au milieu d'une gamme échevelée.

— Assez, dit-elle, chantons. Berthe, Germaine, Marie, à qui ma place?

— Garde-la, répondirent tour à tour les jeunes filles. Nous n'avons pas apporté de musique : nous ne chanterons pas.

— Et vous, mademoiselle, demanda légèrement Caroline à Alix. — Mais, que je suis donc étourdie! j'oubliais votre rhume. Pardonnez-moi, ma très chère...

Puis, après une pause :

— Il faut donc que je chante?

— Certainement. Nous ne te laisserons pas quitter le piano. — Nous jouerons des contredanses et nous danserons quand ces messieurs seront revenus.

— Soit, je me sacrifierai, dit Caroline. J'ai justement une romance nouvelle qui est délicieuse : — mais elle est à deux voix, continua la jeune fille en arrêtant sur René un regard de coquette prière...

M. de Sourdun prit la romance.

— Oh! monsieur, vous seriez assez bon pour m'aider à déchiffrer?

— J'essaierai, du moins.

Le chant de la romance, fort discret au début, s'élançait tout-à-coup, effleurant comme d'une aile ces notes élevées et métalliques dont l'effet prodigieux rappelle, à s'y méprendre, l'éclatante expression d'un sifflet de locomotive; les paroles qui lui servaient de prétexte semblaient descendre de ces espaces imaginaires où le sens et la pensée ne seraient que d'inutiles accessoires : — il ne manquait donc rien à ce chant, éclos d'hier, pour être chaudement applaudi.

Et puis enfin c'était pour Caroline une manière de causer avec M. de Sourdun.

VII.

La première fois que M. de Norbert avait entendu parler de Mlle de Varency, il avait dit de sa voix la plus aigrement incisive :

— Quand verrons-nous cette merveille? encore une poupée de cire et de carmin!

Aussi, dès que Mlle de Varency eut paru dans le monde, fut-on généralement curieux de connaître l'opinion de Norbert à son égard, — les femmes surtout!

Quelques-unes d'entre elles firent un jour, en présence du vieux garçon, un éloge hyperbolique d'Alix, dans le but évident d'amener Norbert à les contredire.

Mais ce dernier, au lieu d'allonger ses lèvres pâles et minces, comme il le faisait souvent lorsqu'on offrait une pâture à sa malignité, les serra d'un air sérieux et ne répondit pas un mot. Ce jeu de physionomie et ce mutisme expressif annonçant toujours chez le sévère appréciateur une certaine disposition à l'indulgence, avaient couvert plus d'un aimable front d'un nuage malsain.

Une de ces femmes cependant, la plus remarquable par

son élégance et surtout par ses prétentions, voulant obliger Norbert à se prononcer, reprit avec instance :

— Mais parlez donc, monsieur, Mlle de Varency n'est-elle pas charmante, ravissante, admirable, incomparable?...

— C'est vous qui émettez cette opinion, madame?

— Certainement, répliqua l'imprudente, croyant saisir l'inflexion du doute dans la réponse de Norbert.—Et vous?

— Moi! — Je n'ai aucune raison pour ne pas le penser, articula le vieux garçon avec une simplicité sèche qui fit baisser deux jolis yeux sur deux joues colorées par le dépit.

Et Norbert le pensait réellement. Il observait Alix avec une curiosité affectueuse. Il contemplait, en amateur complaisant et surpris, cette candeur sans ombre, cette bonne foi dans l'exagération de toutes les dignités, de toutes les susceptibilités du cœur et de l'esprit.

Alix, de son côté, rencontrait volontiers Norbert,— volontiers, comme quelqu'un à qui on sent avoir plu. Son regard, d'une naïveté si fine, d'une ingénuité si spirituelle, trouvait toujours une réponse dans le petit œil vert du vieux garçon. Les lèvres disgracieusement intelligentes de ce dernier, rendaient toujours un sourire au frais sourire de l'orpheline.

Ce soir-là, Norbert n'avait pas vu sourire Alix : au contraire, il avait cru remarquer chez elle une tristesse curieuse et agitée dont il lui tardait de deviner la cause.

Depuis que l'on chantait, Alix paraissait de plus en plus distraite, — si distraite qu'elle avait machinalement éparpillé les pétales d'une rose sur la dentelle de son mouchoir.

Lorsque la pauvre fleur se fut échappée de ses doigts, Alix quitta sa place, où elle était restée seule un instant, et s'éloigna le plus possible du piano, entouré alors par un groupe enthousiaste qui ne se lassait pas de complimenter Caroline, pendant que la triomphante jeune fille remerciait M. de Sourdun d'un regard plein d'animation.

Une seconde romance ayant été demandée, Norbert qui avait écouté attentivement, et surtout regardé Caroline, fit deux ou trois tours de salon, puis se dirigea lentement vers Mlle de Varency, qui le vit à peine à travers le nuage humide et brûlant qui pesait sur ses paupières.

— Vous ne chantez pas, dit Norbert?

— Mlle d'Augères prétend que je suis enrhumée.

— Prouvez-nous le contraire.

— Oh! non. Mlle Caroline aurait pu se dispenser de venir en aide à ma timidité naturelle. Je n'ambitionnais nullement sa place.

— Vous aviez tort.

— Je n'oserais jamais chanter devant des indifférens. On me connaît si peu!

— Raison de plus pour vous faire entendre; on ne chante guère avec succès que pour les nouvelles oreilles. Voyez Mlle d'Augères! Elle a ordinairement un talent rempli d'assurance; mais ce soir elle s'est surpassée. J'attribue ce redoublement de moyens à la présence d'une personne qui ne l'avait jamais entendue....

Alix pâlit; les pleurs qu'elle venait de refouler avec peine menacèrent de nouveau de la trahir.

— Non seulement, reprit Norbert avec une intention marquée, Mlle d'Augères chante ce soir, comme toujours, sans la moindre hésitation; — mais elle guide évidemment M. de Sourdun, qui l'accompagne avec une négligence impardonnable. Ecoutez plutôt : on n'entend qu'elle!

Ces mots dissipèrent le nuage qui obscurcissait le front d'Alix. Pendant que Mlle d'Augères exécutait d'une voix brillante, aiguë et d'une justesse problématique les notes perlées d'une interminable roulade, l'orpheline jeta un rapide regard sur René, qui semblait vraiment suivre avec une attention des plus médiocres ces prodigieux exercices de larynx.

Norbert continua de profiter de la solitude qui s'était faite autour de Mlle de Varency, depuis que les tables de jeu et le piano avaient réuni toutes les personnes restées au salon, pour se livrer à sa verve railleuse. Il trouvait d'ailleurs un plaisir piquant à épier les impressions neuves et soudaines qui se reflétaient sur le mobile visage d'Alix.

— Vous souriez enfin, dit-il à l'orpheline. Je veux vous aider à garder votre bonne humeur.

— Que me direz-vous pour cela?

— Le nom du beau brun qui était à dîner à votre gauche.

— Peu m'importe.

— Ou du grand blond.

— Pas davantage.

— Ou du petit châtain.

— Je vous répète que je ne tiens nullement à savoir le nom de ces messieurs.

— Comment ! vous ne leur accordez pas même un peu de curiosité ?

— Au contraire, ils m'en inspirent beaucoup. Dites-moi donc pourquoi ils ont l'air si triste ? On croirait, à les voir, qu'ils ont tous une passion malheureuse.

— Vous ne vous trompez qu'à demi. Ils ont une passion qui les rend très heureux.

— Huit romans ! Vous allez m'en conter au moins un.

— Les huit héros n'ont qu'une passion

Alix regarda Norbert avec étonnement.

— Oui, continua le vieux garçon. Chacun d'eux est exclusivement occupé de son individu.

— Ne raillez pas ; contez.

— J'ai tout dit.

— Cette préoccupation d'eux-mêmes n'expliquerait pas l'ennui que ces jeunes gens dissimulent si peu.

— Vous croyez ? Ce serait pourtant une explication très simple.

— Vous êtes trop méchant. Ces visages si froids, cette visible impatience, doivent avoir une cause positive. A peine le café servi, ces messieurs sont sortis en masse.

— Et vous avez trouvé cette disparition étrange ? impolie peut-être ?

— Oui, je l'avoue. Pour excuser les coupables, j'avais pensé qu'ils voulaient se dédommager du silence gardé à table, par de mutuelles confidences.

— Ils faisaient mieux; ils allaient retrouver un de leurs plus chers objets de prédilection : — car après la juste partialité qu'ils professent pour eux-mêmes, ils ont des goûts, des habitudes dont la privation momentanée leur est extrêmement pénible et suffit à couvrir leurs visages du nuage fâcheux que vous y avez remarqué.

— Mais à quelle distraction peuvent-ils se livrer à cette heure ? ce n'est, à coup sûr, ni la chasse ni la pêche, et l'on n'entend aucun bruit dans la salle de billard qui est tout près.

— Tenez, les voilà qui rentrent, dit Norbert; quel air radieux !

— C'est vrai. D'où viennent-ils donc ?

— D'une pièce tout récemment décorée, où une teinte uniforme de chocolat barbouille le plafond, descend sur les murs, court sur les meubles et déteint sur le tapis.

— Je comprends toujours moins.

— Ils viennent de retrouver la sérénité de leur intelligence en suivant d'un œil attendri les méandres de la fumée de leurs cigares dans un confortable réduit qui a reçu le nom harmonieux et poétique de « fumoir. » C'est Mlle d'Augères elle-même qui a présidé à l'arrangement de cette pièce. Voyez comme elle paraît heureuse des remercîmens qu'elle reçoit,

Caroline, en effet, satisfaite des applaudissemens qu'elle avait obtenus aux prix des efforts de son gosier, et se flattant d'avoir produit quelque impression sur M. de Sourdun, —avait soudain changé son système de coquetterie. Mêlée aux jeunes gens qui venaient de rentrer au salon, elle serrait les mains de son frère avec une désinvolture affectueuse, et lui disait, en jetant autour d'elle un regard qui évidemment s'adressait à tous :

— Est-ce bien, mon cher Auguste ? Es-tu content de ta petite sœur ?

— C'est à merveille, à ravir ; on passerait sa vie là-dedans, répondait le marquis. Un frère n'aurait pas mieux fait ! — Mais, « mon cher, » poursuivit-il en s'adressant toujours à Caroline, tu te sacrifies avec un héroïsme admirable. T'occuper de nos plaisirs sans les partager ! Tu serais délicieuse avec une cigarette au coin de ta jolie bouche. — Veux-tu en essayer? Viens.

Et le marquis, joignant l'action à la parole, passa son bras sous celui de sa sœur et se dirigea vers la porte encore ouverte.

Caroline se dégagea.

— Séducteur ! dit-elle avec une dignité railleuse, ne me tentez plus ; vous savez combien il m'en coûte pour vous résister. C'est bien assez qu'une petite fille suive son frère à cheval par monts et par vaux, et lui fasse manquer les chevreuils à la chasse. — Mais à propos de chasse, continua Caroline en regardant tour-à-tour les jeunes gens qui l'environnaient, un mot de notre grande partie d'après-demain. Nous serons nombreux : Blanche et moi à cheval, Pauline et

Mme de Miramont en calèche ; Clémentine nous rejoindra avec sa mère. Ce sera charmant!

Après avoir jeté ces mots avec une joyeuse volubilité, Caroline courut à Mlle de Varency, se pencha familièrement vers elle, et lui dit de cette voix accentuée dont abusent aujourd'hui quelques jolies bouches :

— Vous viendrez aussi, n'est-ce pas, ma chère Alix. — Vous montez à cheval ?

— Non, mademoiselle, répondit Alix en reculant malgré elle comme une sensitive.

— Je vous prêterai mon « lovely, » — un agneau ! — Vous ne répondez pas? poursuivit Caroline avec une légère nuance de dédain. Allons, vous êtes peureuse. — Vous suivrez du moins la chasse en voiture. C'est si amusant!

— Je tiens peu à cette distraction. Ainsi arrangée elle me priverait du plaisir de votre compagnie.

— C'est une défaite fort aimable; mais, je ne l'accepte pas: promettez au moins de venir nous retrouver au pavillon de M. d'Ernestau, où l'on s'est donné rendez-vous.

— J'en parlerai à Mme de Cerneux, répondit Alix avec un embarras impatient.

— J'espère, dit Caroline en s'adressant à René, que vous déciderez madame votre tante à cette promenade. — Quant à vous, monsieur, vous avez positivement promis d'être des nôtres...

M. de Sourdun s'inclina.

— N'oubliez pas que nous comptons sur vous, ajouta-t-elle en levant son doigt à la hauteur de sa lèvre, — et que je ne pardonne point quand on manque de parole.

VIII.

— On va danser, dit Caroline en courant au piano. Je me dévoue.

— Mais vous m'aviez promis la première contredanse, dit le beau brun.

— Et à moi une valse !

— Et à moi une redowa !

— Et à moi...

— Chacun aura son tour, dit Caroline en distribuant les regards et les sourires. Je veux d'abord essayer une nouvelle musique.

Après deux ou trois quadrilles, Mlle d'Augères quitta le piano où sa mère la remplaça.

Aux premiers accords d'une valse rêveusement brillante, M. de Sourdun s'approcha de Caroline avec empressement.

— Mademoiselle, dit-il, je viens vous rappeler votre promesse.

— Je ne l'avais pas oubliée, répondit la jeune fille radieuse.

Et voilant sa joie sous une apparence de naïve étourderie, elle s'abandonna, avec une grâce vive et coquette, sur le bras dont René entourait sa taille.

Alix entendit ce court échange de mots. Elle venait de regagner sa place après avoir dansé avec le marquis d'Augères, lorsque René et Caroline passèrent devant elle comme une rapide et souriante vision. Mlle de Varency les suivit du regard jusqu'au moment où elle fut tirée de sa pénible rêverie par le son d'une voix inconnue; le grand blond l'invitait à valser; — elle refusa.

Environ un quart d'heure après, Norbert, la voyant encore seule, revint s'asseoir près d'elle.

— Ah ça! d'où arrivez-vous, lui dit-il? Si ce n'étaient vos yeux et vos joues de vingt ans, on vous croirait d'un monde presque oublié.

— Pourquoi? demanda distraitement l'orpheline.

— Pourquoi! — Vous avez craint tantôt de chanter devant des inconnus... et maintenant vous ne valsez pas? Et vous refuserez de même, j'en suis sûr, les polkas, les schottishs, les mazurkas, toutes ces sauteries de tête à tête qui font à si juste titre les délices de nos jeunes personnes.

— Je ne connais point ces danses-là, répondit Alix.

— Dites, que vous ne voulez pas les savoir.

— C'est possible. Mme de Cerneux, qui a eu la bonté de terminer mon éducation, ne m'a jamais engagé à les apprendre; — et j'ai cru pouvoir m'en dispenser sans paraître... ridicule.

— Vous n'enviez donc pas les succès de Mlle Caroline?

— Oh! non, répondit Alix en tressaillant.

— Mlle d'Augères est cependant le type de l'éducation d'aujourd'hui, reprit malicieusement Norbert, ou plutôt de l'éducation de demain ; elle appartient à une nouvelle école de manières, — à une école destinée à renouer d'agréables rapports de société entre les hommes et les femmes.

— Continuez, dit Alix avec un demi-sourire. Vos méchancetés sont indispensables à mon instruction.

— Vous savez qu'on a longtemps reproché aux hommes d'avoir trop assoupli leur rudesse, d'avoir poussé à l'extrême la politesse des mœurs. Ils ont profité du blâme; ils ont reconquis leur dignité, leur liberté : ils s'efféminent le moins possible.

— C'est vrai, dit Alix. Ils semblent éviter, les jeunes surtout, de causer avec les femmes,—excepté cependant M. de Sourdun, poursuivit timidement Alix, espérant que Norbert donnerait à la conduite de René une interprétation différente de celle qui l'inquiétait depuis quelques heures.

— M. de Sourdun n'a rien de commun avec ces messieurs. Il s'imagine encore que dans un salon chacun se doit aux autres, et je crains qu'il n'ait beaucoup de peine à se défaire de cette manie.

Alix respira plus librement. M. de Norbert n'attribuait pas la présence assidue de René dans le salon au désir de ne point s'éloigner de Mlle d'Augères.

— Expliquez-moi, monsieur, reprit-elle avec plus de courage, comment l'éducation de Mlle Caroline peut ramener les hommes dans les salons.

— Ce n'est pas précisément là ma pensée. Je n'ai pas voulu dire que les hommes rentreraient dans les salons; j'ai voulu dire que les femmes en sortiraient. Les hommes ne feront plus, comme autrefois, de la tapisserie et des nœuds; ils ne seront ni respectueux ni attentifs : les femmes les tiendront quittes de ces gênantes façons; elles iront à eux au lieu de les attendre. Voyez comme elles varient et accumulent déjà les moyens de plaire à ces dédaigneux! Elles brisent les cordes des pianos sous leurs énergiques inspirations. Elles poussent l'expression de leur chant jusqu'à l'extinction de voix. Elles adoptent d'enthousiasme les plus dures récréations masculines : « un cheval indocile! un chevreuil qu'on égorge! » Elles fument...

— Elles fument!

— Quelques-unes seulement. Mais l'air de la mode est si contagieux! On s'étonne aujourd'hui d'une nouveauté, on en rit demain ;—après-demain on s'en pare.

— Une femme! fumer! murmura la jeune fille. Impossible!—Il y a même des hommes qui ne fument point, ajouta-t-elle encore plus bas.

— M. de Sourdun, peut-être, répliqua Norbert. Mais j'ai déjà eu l'honneur de vous dire que M. de Sourdun, quoique jeune, n'est pas une figure actuelle. C'est un portrait de famille, comme vous...

Un sourire de bonheur effleura les lèvres d'Alix.

— J'en reviens, reprit Norbert, à ce que promet l'éducation des femmes ; j'en suis d'avance en admiration! Observez-les. Voyez ce quelque chose de viril dans les manières! cet accent résolu! ce rire bruyant! ce maintien plein d'insouciance et de hardiesse! ce geste vif et saccadé! — Les progrès sont visibles, et je les constate chaque jour avec une satisfaction profonde.

— Je dois donc bien vous déplaire, dit Alix, moi qui suis si peu avancée!

— Ne me forcez pas à vous dire ce que je pense de vous. J'ai peu l'habitude de causer avec mon cœur. Je serais gauche!

Lorsqu'on fut las de sautiller à deux, de taper le parquet du talon et de l'orteil, on recommença les quadrilles.

Les jeunes filles et les jeunes femmes, encore émues par le mouvement précipité des danses tournoyantes et rapides, se retrouvèrent, vis-à-vis les unes des autres, les joues couvertes d'un ardent incarnat, les cheveux à peine attachés, les yeux fiévreux de fatigue, — tandis que Mlle de Varency, conduite par le beau brun, s'avançait au milieu d'elles, remarquable entre toutes par la grâce digne et charmante de son maintien, par la fraîcheur inaltérée de son visage.— Les plis de sa robe et de ses dentelles avaient gardé leurs délicates ondulations, et les riches bandeaux de ses cheveux se dessinaient, toujours purs et corrects, sous la guirlande de bruyère rose qui tremblait légèrement sur son front.

Alix de Varency était bien cette rayonnante et chaste figure de femme, adorable ornement des salons véritables, —de ces rares salons dont l'insaisissable élégance ne tient ni à la splendeur des meubles, ni à la profusion des lumières et des fleurs, ni au luxe et à l'épaisseur des foules, ni au passage météorique de noms plus ou moins en vogue ; — mais à un certain « je ne sais quoi » de grandiosement simple, de dignement affable; — à ce quelque chose de délicat et de contenu dans le plaisir, de fin et d'aisé dans les manières; — à cette indéfinissable et parfaite harmonie de tons et de nuances qui satisfait à la fois le regard et l'intelligence, qui attire, captive — et retient.

Aussi tous les regards se fixèrent-ils sur l'aimable orpheline ; ceux des hommes avec une franche admiration ; ceux des jeunes filles avec une envie discrète, déguisée sous un peu d'ironie, ce pansement douloureux des amours-propres malades! — ceux des mères enfin avec une expression de regret, la plupart d'entre elles ne laissant valser leurs filles que par condescendance, et n'ayant pas oublié que leurs propres mères avaient eu jadis moins de faiblesse à leur égard.

Vers minuit, quand le bal fut près de finir, M. de Sourdun vint engager Alix pour le dernier quadrille.

Le premier mouvement de Mlle de Varency fut de ne pas accepter cette invitation tardive; mais un vague espoir l'en empêcha : René lui parlerait peut-être de la chasse du surlendemain ; il l'engagerait peut-être à s'y rendre!

M. de Sourdun ne fit aucune allusion à la promenade projetée.

Quand Mme de Cerneux se leva pour partir, Mme d'Augères lui prit affectueusement la main.

— Ceux qui ont eu le bonheur de vous voir, dit-elle, veulent vous revoir bientôt. Promettez-moi de venir après-demain au rendez-vous.

— Je sors peu, répondit la comtesse; je ne promets rien

— Laissez-moi du moins vous espérer, madame...

Puis, s'adressant à René :

— Quant à vous, monsieur, vous ne pourriez trouver d'excuse.

— Je ne serais pas assez maladroit pour en chercher, répondit M. de Sourdun avec un ton d'exquise galanterie.

— Vous serez aussi, j'espère, du déjeuner du lendemain, dit Mme d'Augères un peu plus bas. Nous serons presque en famille.

Alix ne vit, n'entendit plus rien : elle suivit machinalement Mme de Cerneux.

Deux fois seulement l'orpheline sortit de son abattement désespéré, pour tressaillir douloureusement.

La première fois, lorsqu'elle sentit un bras de femme serrer le sien, et qu'elle reconnut la voix de Caroline disant tout bas à son oreille :

— J'irai vous voir souvent à cheval. Nous serons comme deux sœurs.

La seconde fois, lorsque M. de Sourdun dit à Mme de Cerneux en la quittant :

— Adieu, ma chère tante ; à samedi.

Samedi, c'était le surlendemain du jour fixé pour la chasse !

René acceptait donc l'invitation de la marquise?

IX.

En entrant le lendemain au salon, Mlle de Varency embrassa Mme de Cerneux sans prononcer un mot. Elle sentait que ce mot, si indifférent qu'il fût, ne manquerait pas de faire déborder l'amertume dont son cœur était plein.

— Etes-vous lasse, mon ange? Avez-vous bien dormi ? demanda la comtesse du ton le plus simple.

Au lieu de répondre, Alix détourna la tête pour cacher des pleurs qu'elle croyait avoir épuisés pendant une nuit sans sommeil. — Pauvre Alix ! — Plus on verse de larme, plus il en reste !

La comtesse ne parut point avoir remarqué le trouble de Mlle de Varency ; elle s'approcha d'une table où étaient les dépêches du jour.

— Tenez, ma petite, dit-elle en souriant ; une lettre de votre bonne tante. Comme vous allez m'oublier ?

— S'il m'était possible de vous oublier, répondit Alix, redevenue un peu maîtresse d'elle-même, ce ne serait assurément pas pour longtemps. — Cette lettre paraît bien courte ; ma tante serait-elle malade?

Alix parcourut, avec une rapidité inquiète, les petites pages de tante Marthe, laquelle, dérogeant à ses habitudes épistolaires, n'avait guère employé qu'une cinquantaine de lignes pour exprimer une idée ou plutôt pour annoncer un événement; — mais aussi, quel événement! — et comme l'ampleur du fond compensait la parcimonie de la forme!

Cet événement n'était rien moins que l'arrivée de tante Marthe!

La vieille fille, secouant le joug de ses habitudes demi-séculaires, mettait enfin à exécution un hardi projet de voyage conçu depuis deux mois; elle s'exposait aux innombrables hasards des voitures publiques et aux dangers des chemins de fer; mais, plus que jamais fidèle à ses inspirations romanesques, elle s'était ménagé avec art une entrée « à effet » dans ce monde où elle allait faire ses premiers pas : mystérieusement partie de la campagne, elle n'annonçait son arrivée à sa nièce que par une lettre datée de Paris.

Cette lettre était évidemment écrite pour être communiquée; Alix la fit lire à Mme de Cerneux.

— Voilà une charmante surprise, dit la comtesse; je ne reproche à Mademoiselle votre tante que de l'avoir trop différée. — Ma chère Alix, reprit-elle après une pause, on prépare l'appartement du midi, n'est-ce pas? tout près de chez vous?

— J'y avais songé, répondit Alix, et je vous remercie de cette bonne pensée. — Me permettez-vous de monter de suite?

— Je vous y engage, mon enfant. Emmenez Mme Clément et Rosine.

En quelques heures, la chambre destinée à la voyageuse avait pris, sous la direction d'Alix, une physionomie particulière, — une physionomie, pour ainsi dire, personnelle. On devinait, en entrant dans ce confortable réduit, que tout y avait été calculé pour éviter, autant que possible, à l'hôte qu'on y devait recevoir, l'impression toujours pénible d'un changement de domicile.

Mlle de Varency attendait sa tante avec une sorte d'anxiété. Elle se félicitait sans doute, mais s'effrayait aussi malgré elle, d'un événement qui pouvait mettre un terme à la situation bizarre où elle se trouvait, situation qui lui avait paru intolérable hier encore, et qu'elle regretterait peut-être demain.

Alix entrevoyait la possibilité immédiate, la nécessité même d'une absence qu'elle avait déjà vaguement projetée. Comment se dispenserait-elle d'accompagner sa tante à Varency? Pourquoi n'y prolongerait-elle pas son séjour, et ne profiterait-elle pas de ce moyen si facile de retrouver le repos et la liberté du cœur?

Mais il en était de cette absence comme de tous les remèdes violens, qu'on s'imagine désirer de bonne foi, et qui, vus de près, font plus de peur que la souffrance même qu'ils étaient destinés à guérir.

Il faut reconnaître néanmoins qu'Alix ne reculait pas trop lâchement devant l'éventualité de cette cure douloureuse : au contraire, elle s'y préparait avec une remarquable énergie.

Pendant la journée qui précéda l'arrivée de Marthe, l'orpheline déploya une activité fébrile ; on la vit constamment aller, venir, monter descendre, chercher le mouvement et le bruit : — on eût dit qu'elle voulait absolument échapper à ces visions malignes qui poursuivent leurs victimes avec tant de succès, dans le vide silencieux d'une chambre déserte comme sous les panaches effeuillés des bosquets d'automne endormis dans le brouillard.

La pauvre petite rencontra bien des fois les images fantastiques de Caroline et de René, tantôt rasant le sol dans le tourbillon d'une valse, tantôt suivant ensemble, à cheval, les détours sinueux du bois ; — mais elle fit assez bonne contenance, et lutta, sans trop de désavantage, contre cet infatigable obsession

Car Alix n'était point d'humeur rêveuse. Même dans la voie fausse où elle était engagée à son insu, elle cherchait du moins la vérité relative dont sa nature vive et franche avait besoin. Elle se méfiait instinctivement de sa rêverie, — de ce poison lent qui s'infiltre goutte à goutte, qui décompose graduellement les principes de la vie morale, qui paralyse les âmes et les tue peu à peu de langueur et d'inanition.

Dans le but d'augmenter le nombre, et par conséquent d'assurer la puissance des distractions dont elle s'était fait un devoir, Mlle de Varency avait non-seulement surveillé les dispositions d'intérieur qui devaient être agréables à sa tante, mais elle s'était en outre sérieusement occupée de la toilette de cette dernière.

Habituée au goût si élégamment pur de Mme de Cerneux et sachant que la bonté parfaite de la comtesse n'excluait nullement cette malice veloutée, gardienne polie mais scrupuleuse des convenances du monde, Alix redoutait un peu pour tante Marthe le premier regard de l'œil fin et profond qu'elle comprenait si bien.

La vieille fille, ayant toujours habité un monde imaginaire, avait trouvé jadis un grand charme dans la contemplation des gravures, lesquelles, éparses libéralement dans ses volumes chéris, complétaient l'expression saisissante des drames par la représentation burinée de leurs principales scènes. Les cheveux peu captifs des héroïnes errantes, les draperies vaporeuses dont le tissu émoussait les épines des ronces et dont la blancheur de neige résistait à la poussière des ruines croulantes,—lui avaient toujours paru l'idéal de la parure féminine. Il n'est donc pas étonnant que sa mise eût emprunté à cette préoccupation fréquente quelque chose de plus qu'une simple originalité.

Presque toutes les femmes, d'ailleurs,— celles-là même qui sont les plus dociles aux variations de la mode,—conservant le cachet indélébile du temps où elles ont plu, ou du moins ont cru plaire, — on conçoit que Marthe, vu le nombre très restreint des flatteuses réminiscences de sa jeunesse, eût exagéré cet entraînement involontaire vers le passé.

Aussi le type rappelé par la mise de la tante d'Alix semblait-il plus arriéré encore que ne l'eût fait supposer l'âge de la vieille fille.

Marthe affectionnait certains plis de vêtemens, certains arrangemens de coiffure, certains effets de couleurs,—tout à fait passés à l'état poétique de souvenirs. Ses prédilections obstinées remontaient à ce moment si remarquable dans l'histoire des chiffons, où, à la voix des émancipateurs de l'humanité, on se débarrassait, — timidement encore,— des pompeuses enveloppes grandiosement léguées de générations en générations, — pour s'envelopper de commodes mousselines, et se coiffer de prétendus chapeaux à la bergère.

X.

En descendant de voiture, tante Marthe se trouva dans les bras d'Alix qui l'attendait, seule avec sa femme de chambre, au pied du perron. La vieille fille fut d'abord surprise, et même légèrement mortifiée, de cette réception peu solennelle ; mais, la timidité l'emportant sur l'amour-propre, elle se félicita de voir retardée de quelques heures la cérémonie officielle de la « présentation. »

Marthe, appuyée sur sa nièce dont l'accueil affectueusement expansif l'avait fort attendrie, arriva dans son appartement sans avoir fait aucune rencontre indiscrète. L'aspect de cet appartement l'enchanta, et Alix fut récompensée de ses prévoyances filiales par cette exclamation :

— Il me semble entrer dans ma bonne chambre de Varency !

La pièce fut encombrée de malles, de cartons, de paquets de toute espèce.

— Je n'ai presque rien apporté, dit Marthe. Nous étions si pressées, ma pauvre Gertrude et moi !—Mais nous ne déballerons que demain. Gertrude ouvrira seulement cette caisse, afin d'y prendre ce qu'il faut pour m'habiller. Je suis accommodée à faire peur !

— Ne déballez donc rien, dit Alix avec une visible inquiétude. Vous trouverez une toilette complète dans cette armoire.

— Ce ne sera pas long, ma chère petite. J'ai placé moi-même au haut de la caisse ma robe vert-pomme et mon bonnet lilas.

— Tout cela est trop beau, ma tante. Mme de Cerneux est si simple. Laissez-moi vous montrer ce que nous avons préparé hier pour vous, Rosine et moi. — Tenez, quelle délicieuse étoffe! poursuivit la jeune fille en prenant des mains de la femme de chambre une robe de soie du meilleur goût, et en l'étalant sur le canapé. Vous ne refuserez pas, j'espère, de vous parer de mon ouvrage.

— Puisque c'est toi qui as fait cette jolie robe !... répondit Marthe avec hésitation. Et cependant le vert m'a toujours été si bien...

— En famille, ce serait trop brillant. Ce sera pour une autre fois.

— A la bonne heure, répliqua la vieille fille en jetant un regret sur la malle entr'ouverte.

Au bout d'une heure, Gertrude avait lestement rangé le volumineux bagage de sa maîtresse, et Alix, aidée de Rosine, avait déshabillé et rhabillé tante Marthe qui se mirait dans une glace avec une certaine satisfaction.

La vieille fille en effet n'était pas reconnaissable. Une coupe de robe savamment calculée selon l'âge et les habitudes, l'ampleur du riche mantelet noir, la sérieuse élégance du bonnet, — mettaient en pleine valeur, — pour la première fois, peut-être, — la pureté, la bonté, la distinction de cet intéressant visage, fané sans être flétri, comme une fleur préservée du vent et du soleil.

Lorsque Marthe eut pris un comfortable bouillon et une tasse d'excellent café, elle s'enfonça douillettement dans son fauteuil, tourna ses petits pieds vers le foyer doucement chaud, attira sa nièce près d'elle et la baisa au front :

— Sais-tu que tu es plus ravissante que jamais? dit-elle..

Un sourire mélancolique effleura les lèvres d'Alix.

— Un peu maigrie, par exemple! un peu pâlie! tu as même les yeux légèrement battus!... Mais cette langueur te sied.—J'espère d'ailleurs que tu te portes bien?

— Très bien, répondit Alix en étouffant un soupir.

— Oh! je comprends. C'est le cœur qui souffre! — Et, maintenant que nous sommes seules, causons, ma fille bien aimée...

L'orpheline serra la main de sa tante.

— Oui, continua tante Marthe, j'ai senti que tu souffrais, et je suis accourue... Oh! je l'avais pressenti. J'avais deviné que ce nom... nous serait fatal à toutes deux!

— Que dites-vous donc? demanda curieusement Alix.

— Je dis, reprit Marthe d'une voix plus basse, que le nom de René m'avait déjà inquiétée pour toi... car.... lui aussi.... l'homme dont je te parlais le jour même de notre séparation.... il s'appelait... René!

— Mais, ma tante, ce nom n'est pas rare.

— Non... mais écoute... lui aussi... il s'appelait...

— Eh bien?

— René... de Sourdun!

— Vraiment? s'écria la jeune fille.

— N'est-ce pas que c'est une fatalité? une de ces coïncidences mystérieuses qui effraient l'imagination?... Et mes pressentimens n'étaient que trop justes!... Si le père a empoisonné ma vie, le fils a déjà gâté la tienne!... Si de viles raisons de finances ont empêché le père de me choisir pour compagne, les mêmes raisons ont inspiré au fils le projet de te contraindre à l'épouser.

— Me contraindre! oh! vous vous trompez, murmura faiblement Alix.

— Comment! n'est-il pas vrai qu'on te séquestre dans ce château?,.. que tu es victime d'une tyrannie odieuse, hypocrite, invisible?

— Hélas! ma tante, rien de tout cela n'est exact,

— Rien!... alors que signifiait ta dernière lettre?

— Je ne m'en souviens plus.

— Les cruels! ils lui ont fait perdre la mémoire. Ils finiront par la rendre folle! — Mais, rappelle tes esprits, mon Alix. C'est moi qui suis là, près de toi : c'est ta tante! — Ne m'as-tu pas écrit que tu étais presque prisonnière?... qu'on tenait à distance, avec une adresse infernale, tous ceux qui auraient pu prétendre à ta main?... que tu étais menacée du malheur le plus grave qui puisse briser le cœur d'une femme sensible : « un mariage sans amour?... »

— J'ai pu écrire tout cela, ma bonne tante; mais vraiment, je l'ai oublié. — C'est si long deux mois! ajouta la jeune fille en passant et repassant la main sur son front, comme pour chasser une pensée fatigante.

— Je m'y perds, reprit Marthe. — Tâche donc de recueillir tes idées, ma pauvre petite, continua-t-elle avec une curiosité pleine de passion. Laisse-moi pénétrer ce mystère.

— Oh! mon Dieu, il n'y a point de mystère. On ne m'aime pas, voilà tout.

— On ne t'aime pas... et on t'épouse!... Mais c'est odieux!...

— Vous vous trompez, ma tante. — On ne m'aime pas... et l'on ne songe même pas à m'épouser.

— Ah! repartit Marthe d'un air dédaigneux. On est donc bien difficile! —Après tout, que t'importe? L'essentiel pour toi, c'est d'être libre.... de pouvoir choisir.... et maintenant je ne vois plus d'obstacle à ton bonheur...

Alix baissa la tête,

— Les plus brillans partis des environs vont se disputer ta main... et si tu ne rencontres pas ici un homme digne de ta préférence, tu reviendras dans notre province où tous nos jeunes gentilshommes se mettront sur les rangs.—Tu ne réponds pas? reprit Marthe après une pause...

Alix cacha sa tête dans ses mains.

— Tu ne réponds pas! répéta la vieille fille d'une voix tremblante... Aurais-je deviné?... l'aimerais-tu?...

Un sanglot s'échappa de la poitrine oppressée d'Alix. La pauvre désolée jeta ses bras autour du coude sa tante, et s'abandonna sans réserve à son chagrin.

— Hélas! oui, murmura Marthe comme s'adressant à elle-même... C'est comme moi!... toujours comme moi... Singulière destinée!... Froid, égoïste, calculateur!... comme son père! .. Il t'aura délaissée pour une plus grosse dot!

Alix aussitôt cessa de pleurer. Elle vit se dresser devant elle la svelte et hardie figure de Caroline d'Augères, embellie de ses quatre cent mille francs, — son principal attrait sans doute aux yeux de René de Sourdun, et elle rappela de nouveau tout son courage pour chasser de sa pensée un homme si peu digne d'estime.

— Allons, ma tante, dit-elle d'un accent assez ferme, ne parlons plus de lui. Vous avez oublié le père...

— Jamais, jamais... soupira la vieille fille.

— Eh bien! moi, j'oublierai le fils. — Oui, je l'oublierai! répéta-t-elle d'un air résolu.

— Pauvre petite! dit Marthe en levant les yeux au ciel. Pauvre enfant!... qui croit à l'oubli!

— Je crois à la raison et à la volonté, ma tante. Aidée par vous, je suis sûre de réussir.

Marthe secoua la tête d'un air de doute, mit un morceau de sucre dans sa tasse, et se versa un peu de café.

— Il est presque aussi bon que le tien, dit-elle. Prends-en un peu. Nous aviserons ensuite.

La tante et la nièce causèrent encore longtemps.

Une heure environ avant le dîner, deux légers coups, frappés à la porte, mirent fin à cet entretien.

C'était Mme de Cerneux qui venait rendre visite à Mlle Marthe.

Cette dernière rougit d'abord comme une jeune fille; mais

la gracieuse familiarité des manières de la comtesse, et leur apparente bonhomie, eurent bientôt dissipé ce léger embarras; — si bien qu'au bout d'une demi-heure, Marthe, enchantée de sa nouvelle connaissance, avait complètement oublié tous les griefs dont elle l'accusait depuis plus de deux ans.

— Descendons au salon, dit Mme de Cerneux en passant le bras de Marthe sous le sien. Il me tarde, mademoiselle, de vous présenter mon neveu, « René de Sourdun, » dont le père était fort lié avec M. de Varency.

XI.

Une semaine s'écoula, pendant laquelle il eût été difficile, sinon impossible, de se rendre compte des émotions de tante Marthe laquelle, ayant toujours considéré comme chimériques les limites qui séparent le domaine étroit du réel des régions infinies de l'illusion, eût mis en défaut la patience des plus intrépides observateurs. Tout ce qu'on eût pu conjecturer, d'après la vivacité du regard de la vieille fille et l'activité inaccoutumée de ses allures, c'est que rien de sombre ou d'amer ne se mêlait à la douceur agitée de ses émotions.

Comment n'en eût-il pas été ainsi ? Marthe remontait l'unique sentier fleuri des souvenirs de sa jeunesse. Il lui semblait retrouver, aussi jeune et aussi aimable qu'elle l'avait embaumé dans sa mémoire,—ce même « René de Sourdun, » — le seul qui eût laissé une ligne sur les pages si blanches de l'histoire de sa vie!

Combien de fois, pendant ces huit jours, Marthe se dit-elle, en regardant René avec complaisance :

« Oh! c'est bien lui. S'il portait le bel uniforme de son père, ce serait à s'y méprendre!—Et si Alix était en blanc!... —Moi, j'avais toujours une robe blanche! »

Marthe, néanmoins, renonçait de temps en temps à de séduisantes rétrospections, et, ramenée au présent par sa nièce, cherchait de bonne foi à découvrir les sentimens de René pour Alix.

Dans les momens consacrés à ce devoir presque maternel, Marthe prenait pour base invariable de cette opération de son intelligence, une simple phrase d'arithmétique, et se posait à elle même cette question :

« Si, dans telle circonstance donnée, un parfait amant doit avoir telle physionomie, tel maintien, tel langage; — quel maintien, quel langage et quelle physionomie René de Sourdun doit-il avoir dans les circonstances actuelles? »

Mais Marthe n'avait jamais pu répondre à cette question d'une manière satisfaisante. Décidément, René échappait aux règles connues; — c'était un sujet d'étude à part.

Et la vieille fille recommençait à observer, — ou plutôt elle s'affranchissait de cette inutile occupation. Captivée par les manières de M. de Sourdun, séduite par ce « je ne sais quoi » de sincère et d'affectueux, qui donnait du prix à ses moindres paroles, elle le regardait, elle l'écoutait; elle s'oubliait même jusqu'à de francs éclats de rire, lorsque le jeune homme, malgré l'expression naturellement sérieuse de sa physionomie, laissait deviner que son esprit mobile pouvait être aussi léger et aussi malin que solide et profond.

Quant à Alix, en dépit de la certitude qu'elle croyait avoir de l'indifférence de René pour elle et de son propre désir de rompre une intimité dangereuse, elle n'avait, depuis huit jours, qu'une seule préoccupation, celle de savoir si M. de Sourdun avait déjeuné à Augères,—s'il avait pris sa place à cette table « de famille » où il avait paru être si impatiemment attendu.

Les questions indirectes faites par Alix n'avaient donné aucune satisfaction à son ardente curiosité.— Mais comment interroger positivement M. de Sourdun?

Et cependant la chose était grave! — d'autant plus grave qu'Alix reconnaissait, avec beaucoup de sens, qu'elle ne pouvait prendre une résolution extrême sans être parfaitement édifiée sur ce point!

Elle se soumettait d'ailleurs à ce délai, — où certes sa volonté n'avait point de part, — avec une résignation qu'on n'eût pas espéré d'elle, vu la précédente impatience de son humeur.

Il est vrai que René avait repris l'habitude de venir tous les jours.

XII.

Marthe avait décidé qu'elle éviterait tout entretien particulier avec sa nièce, jusqu'au moment où la situation serait « nettement dessinée. » — A quoi bon faire pleurer cette pauvre enfant, et s'exposer au contre-coup de son chagrin?

Un jour, cependant, ayant remarqué une certaine animation dans les mouvemens d'Alix, la vieille fille hasarda quelques mots.

— Tes joues sont roses ce matin, dit-elle, et tes yeux vifs; cela m'encourage à causer un peu avec toi. Franchement, ma petite, quand tu es triste j'aime autant me taire : ces lamentations finiraient par nous faire grand mal à toutes deux.

— Je ferai en sorte de ne plus vous chagriner, répondit la jeune fille en embrassant sa tante.

— J'ai un peu étudié... René de Sourdun, reprit Marthe après une pause.

— Oh! ma tante... de grâce!...

— Tu ne veux donc plus parler de lui?... j'avais tant de choses à te dire!...

— Nous sommes convenues de ne plus le nommer.

— Soit!... je ne dirai rien.

— Cependant, ma tante... si vous y tenez...

— Non, du moment que cette conversation ne te plait pas!

— Qu'importe?... si elle peut vous distraire!

— Moi!... cela m'est parfaitement indifférent. — Parlons d'autre chose.

— Vous dites... que vous l'avez étudié? demanda timidement Alix en se rapprochant de sa tante.

— Etudié!... qui?.., répondit Marthe avec malice.

— Oh! vous savez bien ce que je veux dire.

— Oui, chère petite, je l'ai étudié!... je me vante même de le connaître!

— Que pensez-vous de lui?

— Aimable, parfait, mieux que son père; — et c'est tout dire!

Alix fit un petit geste d'impatience qui signifiait clairement : « Vous ne m'apprenez rien. »

— Voilà tout? dit la jeune fille avec une légère nuance d'humeur.

Marthe se recueillit.

— Tu prétends, dit-elle après une nouvelle pause, que René de Sourdun ne t'aime pas?

— J'en suis presque sûre.

La vieille fille réfléchit de nouveau.

— Ecoute, mon Alix, reprit-elle. D'après la théorie généralement admise en fait de sentiment, on pourrait douter certes, que René eût de l'amour...

Alix sentit se raviver son irritation douloureuse sous la main maladroite qui essayait de panser sa plaie.

— Oui, continua Marthe sans s'apercevoir du tressaillement de la jeune fille. René de Sourdun ne paraît ni triste, ni préoccupé, ni bizarre; — il n'a pas même cet air abattu, languissant...

Alix regarda fixement sa tante.

— Cet air de vague souffrance qui fait dire aux gens qui s'y connaissent: « L'amour est là. — Il est seulement assez pâle...

— Pâle! interrompit Alix avec inquiétude. Vous le trouvez très pâle?

— De quoi t'embarrasses-tu donc? Son père était encore plus pâle que lui, ce qui ne l'empêchait pas de se porter à merveille. — Mais poursuivons, tu me fais perdre le fil de mes idées! — René mange d'assez bon appétit...

— Tant mieux!

— Il paraît jouir d'un sommeil paisible...

— Encore une fois, tant mieux, ma tante.

— Comme santé... sans doute. — Mais, quand on aime bien, vois-tu, on ne peut guère ni manger, ni dormir. On va, on vient, on se traîne, on se néglige; on écoute à peine, on répond au hasard; on ne songe à plaire qu'à l'objet aimé,— et l'on cherche, autant que possible, à se rendre désagréable à tout le monde, pour prouver à ce cher objet qu'on n'a d'autre pensée que la sienne.

— Jamais M. de Sourdun ne se décidera à faire une si sotte figure, dit Alix en éclatant de rire.

— Sotte figure... sotte figure!... dit Marthe un peu choquée de cette naïveté, et de cette hilarité intempestive. C'est cependant la passion prise sur le fait.

— Inutile d'étudier M. de Sourdun d'après ce modèle, reprit Alix avec découragement, et si vous n'avez plus rien à me dire....

— Si tu ris, je t'avertis que je me tais.

— Parlez, ma tante : je vous demande pardon.

— Ecoute-moi, ma chère enfant. Tu viens de voir que je ne te flatte pas,... que j'énumère sans ménagement les symptômes d'indifférence que j'ai remarqués chez René de Sourdun. Cependant.... il m'a semblé....

— Enfin ! murmura la jeune fille.

— Il m'a semblé....

— Quoi ?.... Mais, quoi ?

— Hier soir,... quand tu avais les yeux baissés sur ton ouvrage...

— Eh bien ?

— Il t'a regardée longtemps.... longtemps !

— Vous croyez, ma tante? répondit Alix qui se souvenait d'avoir senti ce long regard, et d'avoir rougi sous ce rayon du cœur comme une rose de Bengale au soleil.

— Si je le crois, ma petite ! J'en suis certaine. — Et dans ce moment-là, vois-tu, j'aurais juré que si René ne t'adore pas avec toute l'ardeur dont tu es digne, il ne préfèrera du moins jamais une autre femme.

— Hélas! soupira la pauvre enfant.

Et, entraînée de nouveau par son irrésistible besoin de confiance, elle raconta minutieusement à sa tante les raisons qu'elle avait de croire à un projet de mariage entre M. de Sourdun et Mlle d'Augères.

— C'est triste, dit Marthe avec un désappointement véritable. Il faudra partir!... car enfin, tu ne pourras rester ici dans une circonstance pareille. Signer au contrat de mariage... assister au bal de noce.

Alix pâlit.

— Ce serait une épreuve téméraire... impossible!... — Nous partirons aussitôt qu'il ne restera plus de doute sur « l'infidélité » de M. de Sourdun.—C'est dommage pourtant. Je me trouvais si bien ici ! J'avais trente ans de moins!...

Puis, après un moment de silence :

— Et t'avoir regardée ainsi ! continua Marthe. — Oh ! j'avais bien raison. Il est encore plus dangereux que ne l'était son père.

XIII.

Les jours suivans, Mme de Cerneux reçut beaucoup de monde.

Certains voisins semblaient s'être donné le mot pour lutter d'empressement autour de la comtesse et de sa fille adoptive, — pour saisir la moindre occasion de leur prouver une irrésistible sympathie, — et pour se prévaloir des plus légers droits à leur précieuse bienveillance.

Les regards qui se montraient si prodigues d'agréables expressions, les lèvres qui se disputaient à l'envi les propos flatteurs et les sourires aimables, — appartenaient surtout à ces mères, à ces tantes, à ces sœurs, qu'on avait entendues, il y avait à peine deux mois, excuser officieusement, sous prétexte de chasse, les fuites un peu brusques et les absences systématiques des jeunes gens objets de leur sollicitude.

C'est que les deux mois écoulés avaient mis en jeu ces intérêts nouveaux. L'opinion, généralement admise, qu'il n'était point question de mariage entre M. de Sourdun et Mlle de Varency, avait produit son effet naturel. Si les espérances de la marquise d'Augères, relativement à l'établissement de sa fille, s'étaient dirigées vers M. de Sourdun, d'autres espérances non moins vives, — mais exprimées avec plus de réserve, — s'empressaient déjà autour d'Alix.

Les parens intéressés ne visitaient pas Mme de Cerneux en compagnie de leurs florissans rejetons; ils n'auraient eu garde de les compromettre ainsi! Ils se contentaient de leur frayer la route.

Rien de plus naturel, en effet, que de jeter dans la conversation, comme par hasard, les noms de Jules, de Charles ou de Frédéric; de les vanter sans affectation et de pure abondance de cœur : — de si excellens fils! des neveux si rares! des frères si complaisans!

Alix écoutait peu, et entendait moins : elle n'eût pas même remarqué la subite élévation de température des sentimens de ses nouvelles connaissances à son égard, si tante Marthe n'eût pris soin de lui communiquer ses propres observations.

Alix n'avait pas trop de toutes les facultés de son intelligence pour épier une réponse à cette question, la seule maintenant qui eût le pouvoir de l'intéresser :

— René a-t-il déjeuné avec Caroline ?

Marthe, au contraire, était ardemment attentive au mouvement qui se manifestait autour de sa nièce. Elle en suivait les progrès avec orgueil ; elle notait exactement dans sa mémoire chaque délicate insinuation glissée par les visiteurs : elle prenait même sa part de ces avances discrètes, — et en jouissait d'autant mieux qu'elle avait eu bien rarement l'occasion de sentir l'épiderme si sensible de son amour-propre en contact immédiat avec le chatouillement de la flatterie.

Quel horison se déroulait à ses yeux ! quelle perspective de scènes variées, émouvantes ! Ce n'était pas un simple roman à savourer dans la solitude, mais un drame étudié à même les cœurs, et dont les moindres péripéties auraient l'intérêt palpitant de la réalité.

La vieille fille attendait surtout avec impatience le jour où elle connaîtrait enfin ces prétendans, — tous nobles et riches, jeunes et beaux,—tous passionnément épris!—séduits spontanément par Alix, qui n'avait eu qu'à se laisser voir pour les subjuguer.

Une chose cependant paraissait incompréhensible à tante Marthe ; — c'était la conduite de ces étranges prétendans.— Amoureux de Mlle de Varency, comment pouvaient-ils confier à des tiers leurs intérêts les plus précieux ? — Pourquoi n'avaient-ils pas encore épié une occasion favorable de voir isolément Alix? d'obtenir d'elle un mot, un regard, un signe quelconque de préférence?... si léger qu'il fût !

Pourquoi aucun d'eux n'avait-il jamais été aperçu rôdant autour du parc, son fusil en bandoulière ou un livre à la main?—un moyen certainement bien simple et parfaitement convenable de voir et d'être vu !

« Excès de prudence, pensait tante Marthe. Ils craignent d'exposer leur repos! »

— Ce n'est pas lui qui aurait eu tant de circonspection! poursuivit-elle en faisant un complaisant retour vers la passion mystérieuse inspirée jadis au père de René de Sourdun. L'imprudent! il se promenait tous les matins dans une allée en face de ma fenêtre! »

Après ces réflexions souriantes venait le chapitre des inquiétudes. Alix, si jeune encore, saurait-elle manœuvrer parmi tant d'écueils? aurait-elle assez d'adresse pour ne réduire au désespoir aucun soupirant, et encourager particulièrement celui à qui elle accorderait sa préférence?

Et si cette préférence allait avoir des conséquences funestes? des froideurs! des ruptures! des haines! des vengeances!... un duel!...

« Heureusement, je suis là! se disait tante Marthe. »

XIV.

Depuis le jour où la famille d'Augères avait réuni ses voisins, aucun de ses membres n'avait été vu chez Mme de Cerneux. Cette brusque négligence de rapports, succédant à l'accueil exceptionnel fait par la marquise à M. de Sourdun, avait un peu diminué les inquiétudes de Mlle de Varency : la jeune fille commençait même à ne pas croire impossible que l'invitation dont le souvenir lui était si douloureusement importun eût été refusée par René.

Tous les matins, vers une heure environ, Alix arrêtait un soucieux regard sur l'avenue qui menait au village, craignant sans cesse d'apercevoir sur le siége d'une voiture la livrée de Mme d'Augères, ou Caroline montée sur son joli cheval noir, son voile au vent et sa cravache à la main, caracolant à côté du jeune marquis.

Puis, tous les jours, alors que l'heure avancée fermait la route aux visiteurs lointains, Alix, de plus en plus légère de cœur, allait attendre au salon, entre Mme de Cerneux et tante Marthe, que René vînt compléter la réunion de famille.

Ces occupations, si peu variées en apparence, suffisaient à maintenir la jeune fille dans cette situation d'âme où le temps semble merveilleusement élastique, rapide et long tout à la fois, donnant à une même journée l'espace d'une vie et la durée d'une minute; — situation que personne n'a jamais définie, par la raison bien simple qu'on ne cherche guère à s'en rendre compte qu'après l'avoir perdue.... quelquefois même oubliée!

Alix d'ailleurs était sobre de réflexions sur la vitesse et la longueur du temps; elle vivait sans se demander :

« Qu'est-ce que la vie ? »

Question toujours dangereuse quand on se l'adresse avant de la comprendre, — avant que les rayons de la vérité aient éclairé le cœur qui a souffert et la raison qui s'humilie.

Les méditations d'Alix, sur le cours du temps, étaient des plus simples :

« René était venu la veille ; — il viendrait aujourd'hui. »

Pourquoi s'occuper de demain?

XV.

Un matin, Gertrude vint prévenir tante Marthe que, depuis plus de deux heures, Mme de Cerneux était seule avec un monsieur dans le petit salon. Marthe, suivie de Gertrude, courut aussitôt chez sa nièce pour lui faire part de cette nouvelle.

Mlle de Varency, d'après les renseignemens diffus de Gertrude, réussit enfin à mettre un nom sur le visage du visiteur. Ce ne pouvait être que M. de Norbert.

La jeune fille ressentit aussitôt une inquiétude vague. Mme de Cerneux la faisait toujours appeler quand le vieux garçon venait au château ; — et il y était depuis longtemps sans qu'on l'eût avertie ! — Que signifiait cette conférence mystérieuse ? M. de Norbert, assez lié avec la famille d'Augères, serait-il chargé par elle de sonder les dispositions de la comtesse quant à l'alliance désirée?

Alix fit bientôt de ce soupçon une certitude, et ne put déguiser l'altération de son humeur quand on vint la demander, ainsi que la tante Marthe, de la part de Mme de Cerneux.

— Il paraît, dit-elle, que l'entretien sérieux est terminé. Il faut maintenant aller distraire M. de Norbert, ou plutôt se faire sa complaisante! écouter quelques-unes de ses méchantes histoires ! — Malheureusement, je ne suis pas disposée à rire aujourd'hui.

— Je croyais, répondit Marthe, que tu avais beaucoup d'estime pour ce M. Norbert... de l'amitié même!...

— Sans doute, mais... ce matin... je préfèrerais rester dans ma chambre.

— Quelle idée! Descendons bien vite, au contraire. Je suis curieuse de voir ton ami.

— Vous ne l'aimerez pas. Je vous avertis qu'il n'est pas du tout romanesque.

— Je ne suis pas exclusive, ma petite. — Quel caractère a-t-il? quel genre d'esprit?

— Chagrin, fantasque, bilieux, caustique, sardonique, ne pardonnant à rien ni à personne... Excellent homme d'ailleurs, poursuivit Alix pensant à la bienveillance que lui avait toujours témoignée Norbert, et déjà honteuse de son apparente ingratitude.

— Sais-tu que tu redoubles ma curiosité? répliqua Marthe en rajustant son bonnet et sa collerette. Il vaut mieux avoir ton M. de Norbert pour ami que pour ennemi, — et je vais tâcher de ne pas lui paraître tout à fait désagréable.

Alix, troublée jusqu'au fond de l'âme de se voir arrachée si brusquement à l'espèce de sécurité qu'elle s'était faite, et qui ressemblait au repos d'un malade entre deux accès de fièvre, marcha lentement vers la porte, sans même jeter un coup d'œil sur son miroir.

— Mon Dieu! mademoiselle, s'écria Gertrude, laissez-moi donc redresser cette dentelle, qui est toute chiffonnée.

Alix s'arrêta machinalement sur le seuil, saisissant l'occasion de retarder de quelques minutes son entrée au salon.

— Viens-tu? dit enfin Marthe avec impatience. Nous faisons attendre Mme de Cerneux ; ce n'est pas poli.

XVI.

Dès que Mlle de Varency eut salué M. de Norbert, elle sentit s'évanouir ses craintes. L'œil perçant, mais plein d'intérêt, qui s'arrêtait sur elle, n'était pas l'œil d'un ennemi.

Alix remarqua, avec une satisfaction mêlée de surprise, que l'accueil à la fois timide et cérémonieux fait par sa tante à M. de Norbert, n'avait fait paraître, sur la physionomie de ce dernier, aucun symptôme de cette moquerie perfide qui se dérobe à ses victimes sous les exagérations de la politesse. Les yeux du vieux garçon exprimaient au contraire une bonhomie bienveillante. On eût dit que toute la malice naturelle et acquise de cet homme désenchanté sans avoir joui, se trouvait désarmée devant cette femme, candide encore à soixante ans,—devant ce type si rare d'une âme restée fidèle à ses illusions, et mettant une complète bonne foi à se tromper elle-même.

Marthe, en effet, portait sur son visage, et laissait deviner dans ses manières comme dans ses propres paroles, quelque chose de simple et de droit qui inspirait irrésistiblement la confiance, déconcertait la raillerie, et devait captiver M. de Norbert, lequel avait surtout en aversion ce masque banal dont on se sert indifféremment dans le monde pour cacher, à peu près avec le même soin, les vices et les vertus.

Quand les gracieuses insignifiances qui avaient suivi la présentation de Norbert à tante Marthe furent épuisées, Mme de Corneux arrêta sur Alix un regard affectueusement grave qui fit renaître aussitôt l'embarras de la jeune fille.

— Ma chère enfant, dit la comtesse, nous venons de causer de vous, M. de Norbert et moi, — bien longtemps! — si toutefois le temps peut paraître long à ceux qui vous aiment lorsqu'ils s'occupent de vous.

— De moi? répondit Alix en rougissant. Vous avez parlé de moi?

— Oui, de vous, et d'autres aussi. N'êtes-vous pas un peu curieuse du sujet de notre conversation?

— Je me hâte de répondre pour ma nièce, dit Marthe. — J'en suis extrêmement curieuse.

— Et vous avez raison, mademoiselle, car c'est à vous principalement que je désire m'adresser, répliqua la comtesse avec une déférence de bon goût qui mettait en valeur la position quasi-maternelle de Marthe.

La vieille fille s'inclina, et dit d'une voix tendrement solennelle :

— Ma nièce, écoutez votre seconde mère.

— Ma chère Alix, reprit la comtesse, M. de Norbert a confirmé tantôt une opinion que j'avais depuis longtemps...

Alix baissa les yeux.

— Je ne m'étais pas trompée. Ceux qui vous ont vue ne vous oublient pas...

Mlle de Varency regarda tour à tour, sans répondre, M. de Norbert et Mme de Cerneux.

— On n'ose pas encore... et c'est tout simple... manifester un sentiment si naturel ; —mais, on demande déjà à M. de Norbert s'il pense que l'expression de ce sentiment serait favorablement accueillie.

—Je m'en étais doutée, murmura Marthe avec une rayonnante finesse.

Alix regarda la comtesse à la dérobée, espérant saisir au passage sur sa physionomie, dont les plus délicates mobilités lui étaient familières, un pli du front, une contraction de sourcils, un signe quelconque d'effort intérieur, d'émotion refoulée,—quelque chose enfin qui lui prouvât que Mme de Cerneux, en lui parlant de prétentions étrangères, ne faisait que remplir un devoir, et s'en acquittait à regret.

Mais le calme de ce visage était réel, — et dans ces yeux, pleins d'une bonté si intelligente, se peignait uniquement un intérêt très vif, dégagé de toute préoccupation égoïste.

Alix n'en pouvait plus douter : la comtesse désirait positivement qu'elle se mariât, — avantageusement sans doute, mais bientôt,—le plus tôt possible.—M. de Norbert avait probablement la double mission de traiter le mariage de M. de Sourdun avec Mlle d'Augères, et celui de Mlle de Vareney avec qui que ce fût.

— Vous êtes donc chargé, monsieur, dit enfin la jeune fille, en s'efforçant de donner de l'assurance à sa voix tremblante et brisée... de me demander en mariage ?

— Oh ! pas encore. Mes pouvoirs ne sont pas si étendus.

— Saurai-je du moins qui me fait l'honneur de s'occuper de moi ?

— D'abord...

— Comment ! d'abord ! — C'est donc une liste ?

— Un peu de patience. — Vous souvenez-vous, mademoiselle, d'un jeune homme qui était placé auprès de vous au dîner de Mme d'Augères ?

— Un grand brun ?

— Et un très beau brun.

— A qui j'ai répondu : « Oui, monsieur, » et ; « Non, monsieur, — en deux fois.

— C'est possible. Ce jeune homme est d'un caractère peu communicatif, mais il a le jugement sûr : la preuve c'est que, s'il ne cherche pas à dissimuler ses incontestables avantages extérieurs, il s'abstient de faire valoir ses autres dons personnels, tout naturellement sujets à discussion. Il se borne à mettre en évidence des mérites assurés de tous les suffrages : — un beau nom, — vingt mille livres de rente, — et une réputation des plus honorables.

Norbert se tut, et fixa sur Mlle de Varency un regard interrogateur. Mme de Cerneux reprit son ouvrage, pour ne pas intimider l'orpheline. Une légère expression de dédain passa sur les traits de tante Marthe.

— Eh bien ! mademoiselle, demanda Norbert après une longue pause : que deviendra mon beau brun ?

— Je lui souhaite tout le bonheur qu'il mérite.

— Et dont vous refusez de lui laisser l'espoir ?

— Je ne me reconnais point le pouvoir d'y contribuer.

— Vous ne m'encouragez pas, mademoiselle, à remplir ma mission jusqu'au bout ? — Continuerai-je ? reprit Norbert, après une nouvelle pause, et en s'adressant à Mme de Cerneux.

— Sans doute, répondit la comtesse. Mlle de Varency est d'âge à faire un choix, et votre affectueuse prévoyance doit lui rendre ce choix plus facile. Parlez, monsieur, et, tout ce que vous m'avez dit, veuillez le répéter à ma fille d'adoption. — Me permettez-vous d'appeler ainsi notre chère Alix ? continua la comtesse en tendant la main à tante Marthe.

— Je vous en remercie, répondit cette dernière, vivement émue.

Alix, plus émue encore, s'inclinait déjà, et allait jeter ses bras autour du cou de Mme de Cerneux; — mais le souvenir de l'obstination qu'on paraissait mettre à l'éloigner par un prompt mariage, arrêta cet élan de sensibilité.

— Vous avez encore quelque chose à me dire, monsieur? demanda Mlle de Varency d'un air froid et légèrement moqueur.

— J'en appelle de nouveau à votre mémoire, mademoiselle. Chez Mme d'Augères, vous avez dansé deux fois avec un jeune homme.

— Un blond?

— Oui.

— D'une figure assez fine?

— Très fine et fort agréable.

— Oui. Je me souviens même qu'en dansant avec moi, il semblait fort occupé d'une jolie personne son vis-à-vis.

— Le souvenir qui vous reste de cette impardonnable distraction, dit Norbert avec malice, serait-il un véritable symptôme?

— Vous ne me ferez jamais croire, répliqua la jeune fille sans paraître avoir entendu cette question, que ce monsieur soit sensible à aucun genre d'attention de ma part.

— Si je vous l'assure?

— Alors!...

— J'ajouterai que le joli blond possède, outre ses traits fins et sa taille bien prise, un vieux nom, une assez belle fortune, et une dose très suffisante d'estime générale.

— C'est fort heureux pour lui.

— Pour lui... seulement?

Alix garda le silence.

Les impressions dédaigneuses de tante Marthe se trahissaient de plus en plus, La vieille fille, impatiente de donner cours aux pensées qui lui venaient en foule, n'en contenait l'expression que par curiosité et par politesse; — Norbert n'avait pas fini.

Ce dernier reprit en effet d'un air mélancoliquement railleur :

— Parlerai-je encore?

— On aime toujours à vous entendre, répondit ironiquement Alix.

— Soyez donc indulgente. — Il m'en reste un.

— J'écoute, monsieur.

— Quant à celui-ci, vous l'avez vu au moins trois fois; — au bal de Mme d'Augères, où il vous a fait danser, et deux fois chez Mme de Rivel.

— N'est-ce pas un cousin de cette dame?

— Précisément.

— Je l'ai vu... ou plutôt entrevu, J'ai surtout remarqué l'adresse de ses manœuvres quand il s'agissait de s'esquiver du salon.

—Ces messieurs ont vraiment joué de malheur, et ont été bien maladroits! — Mais leurs mérites n'en sont pas moins incontestables.

— Dites toujours les mérites du troisième, reprit Alix d'un air tout à fait moqueur.

— J'avoue qu'il est un peu moins bien partagé que les autres, quant à la figure et à la naissance. Les belles alliances de sa famille lui font cependant une position des plus considérées, — et il aura quarante mille francs de rentes...

Il y eut encore un silence fort long.

— Mademoiselle, poursuivit Norbert, mon dernier protégé n'aura donc pas même la faveur d'un refus?

— Je n'y songeais plus, monsieur. — Il faut donc répondre sérieusement à vos propositions?

— Mais... je les fais sérieusement, mademoiselle.

— Ma chère Alix, dit Mme de Cerneux, le caprice et l'humeur sont déplacés dans un entretien de cette importance. Il s'agit de l'affaire la plus grave de votre vie! Je ne me serais pas attendue à vous la voir traiter légèrement.

L'impatience crispa si douloureusement le cœur d'Alix, que la pauvre petite faillit perdre toute mesure; — mais, après une courte lutte, l'amour-propre l'emporta sur la souffrance : Mlle de Varency, contraignant ses lèvres pâles d'émotion à un sourire d'enfant mutin, dit aussitôt à Norbert :

— Oh! monsieur, c'est mal, très mal! Pourquoi sortir de votre rôle? Vous avez parlé raison, je ne vous ai pas pris au sérieux; — et maintenant voilà qu'on me gronde!

En débitant ces paroles avec une vivacité qui trahissait des efforts inouïs, Alix adressait à Norbert un long regard, plein de tristesse et d'abandon, qui semblait lui dire :

« Je ne vous avais rien confié; — mais vous saviez tout! Pourquoi me faire tant de mal? »

— Pardonnez-moi, répondit le vieux garçon à ce muet mais éloquent reproche. Pardonnez-moi vite, — ou les refus dont vous m'avez chargé passeront par une bouche trop maussade.

— Mlle de Varency ne vous fera pas une si prompte réponse, dit Mme de Cerneux. Elle ne refusera pas sans avoir réfléchi.

— J'ai réfléchi, madame, répondit Alix... et je refuse.

— Ne demanderez-vous pas au moins l'avis de mademoiselle votre tante?

Marthe, dont la physionomie avait exprimé tour-à-tour, pendant les propositions de Norbert, de l'étonnement, du mépris et presque de l'indignation, — saisit avec empressement l'occasion de laisser éclater ces sentimens divers.

— J'approuve ma nièce, dit-elle avec une dignité chagrine. Je suis même surprise, peinée, d'avoir vu M. de Norbert, dont Mlle de Varency m'avait donné une si favorable opinion, plaisanter aussi longtemps sur un sujet qui le comporte si peu.

— Plaisanter! s'écria Norbert, moi! l'homme de France le moins plaisant!

— Si vous ne vous êtes pas livré à votre talent pour la plaisanterie, monsieur, vous n'en êtes que plus blâmable.

— Veuillez, je vous en supplie, m'apprendre quels sont mes torts. Il me tarde d'essayer de rentrer en grâce.

— Vos torts!... après tout ce que vous venez de dire!

— J'ai parlé uniquement et franchement dans l'intérêt de Mlle de Varency.

— Et vous lui avez proposé des inconnus!

— On commence toujours par être un inconnu.

— Ne jouons pas sur les mots.—Vous offrez pour maris à ma nièce des jeunes gens qu'elle ne connaît pas.

— Je les connais, moi.

— Vous êtes sans doute au fait de l'ancienneté ou de l'illustration de leurs familles et du chiffre de leurs revenus, — mais...

— N'achevez pas, mademoiselle. Je puis en toute conscience garantir la moralité de ces messieurs. Ils n'ont pas un vice.

— Des vices! il s'agit bien de vices! — Leurs qualités? leurs vertus?

— Des qualités!... des vertus!... Ma foi, s'ils en ont quelques-unes, ce qui n'est pas absolument impossible, c'est à leurs femmes à les découvrir plus tard. — Un excellent moyen de tenir leur curiosité en éveil, et de la satisfaire délicieusement!

— Oh! monsieur! quelle légèreté! — Mais ces jeunes gens dussent-ils d'ailleurs réunir tous les avantages : noblesse, richesse, beauté, esprit, vertu même! Qu'est-ce que tout cela sans l'union des âmes? la sympathie? l'amour enfin!

— L'amour! — Qu'y a-t-il de commun entre l'amour et le mariage?

Marthe, complètement stupéfaite, ne put trouver que ces mots, articulés sourdement :

— Vivre ensemble!... et ne point s'aimer!

— Permettez, mademoiselle; il ne faudrait pas se méprendre sur le sens de mes paroles. Entre honnêtes gens on s'ai-

me toujours assez en ménage pour s'entr'aider à porter la vie le moins désagréablement possible. — Quant à l'amour dans le mariage, c'est du luxe; les élus qui ont trouvé par hasard cette perle sans prix, ne s'avisent guère d'en parler. On ne se vante pas d'un bonheur si insolent !

Marthe demeura silencieuse pendant quelques minutes, au grand déplaisir de sa nièce qui, à la faveur de cette discussion, pouvait se taire sans inconvenance.

Un travail mystérieux s'opérait dans la tête de la vieille fille. Marthe remplaçait déjà l'étonnement par le doute, et entrevoyait des horizons nouveaux avec une répugnance mêlée de frayeur.

— Monsieur, reprit-elle enfin avec une hésitation visible, non seulement ces prétendans à la main de ma nièce n'ont rencontré Alix qu'une ou deux fois,— mais ils n'ont point cherché à renouveler ces rencontres !

— Pourquoi les eussent-ils renouvelées? ils connaissaient Mlle de Varency avant de l'avoir vue.

— Je l'avais deviné ! s'écria Marthe avec une recrudescence d'exaltation sentimentale. Ces jeunes gens avaient entendu parler d'Alix. Ils savaient...

—Que Mlle de Varency est de bonne maison,— et qu'elle a trois cent mille francs...

Marthe resta pétrifiée.

— On conçoit, poursuivit Norbert, qu'une fois édifiés sur ces points essentiels, ils se soient bornés à une seule entrevue ; la répétition de l'épreuve eût été inutile et compromettante. Ces messieurs n'avaient nul besoin de revoir Mlle de Varency pour la juger digne de toutes leurs adorations, — et ils sont trop habitués à s'apprécier ce qu'ils valent pour s'être imaginé qu'il leur fût nécessaire de se montrer deux fois.

— Cette entrevue ne signifiait donc rien ? soupira tante Marthe, absolument rien ! — Il faut avoir le triste courage de voir les choses sous un jour qui, pour moi du moins, est tout à fait nouveau.— Hélas ! oui, monsieur, vous avez raison : le mariage n'est aujourd'hui qu'une affaire, — un marché !

— Une association. Le mot est plus poli ; et d'ailleurs il est à la mode. — Cette définition admise, avouez que mes protégés font preuve de délicatesse en ne demandant que l'équivalent de ce qu'ils apportent. Mon troisième, par exemple, qui a besoin d'alliances distinguées, afin de se débarrasser de sa défroque de chenille et de prendre ses ailes de papillon, offre à la femme noble dont le nom peut lui servir, trois fois plus de fortune qu'il n'en exige d'elle! — N'est-ce pas du dernier loyal? — Je connais des jeunes gens, et c'est le plus grand nombre! qui ont très peu à offrir et ne mettent point de bornes à leurs prétentions.

— Vous auriez donc pu agrandir le cercle des prétendans? demanda tante Marthe se rappelant les rivalités et les luttes qu'elle avait rêvées en l'honneur d'Alix.

— Je l'aurais pu, répondit Norbert, — mais j'ai préféré choisir : je présente à Mlle de Varency la fine fleur de notre jeunesse à marier. — M'en voulez-vous encore?

— Non, répondit Marthe d'un air pensif : je vous sais gré de l'intention. — Mais, convenez que ces calculs sont indignes... qu'ils soulèvent de dégoût une âme délicate!

— Veuillez, mademoiselle, envisager la question sous son véritable jour. — Un homme épouse trois cent mille francs...

— Oh! monsieur!

— Trois cent mille francs, — soit : quinze mille francs de rente...

— Après?

— Voilà les bénéfices de l'affaire. — Voyons maintenant les charges.

— Vous avez une façon de dire les choses!

— Très claire. Continuons. — Premiers frais : la corbeille, un délicieux fouillis de chiffons et de bijoux : quinze mille francs.

— Ah! mon Dieu!

— Pas un sou de moins. Un homme qui se respecte dans la toilette de sa femme ne peut rester au dessous de ce chiffre. « Il le faut! » Poursuivons. Frais d'intérieur...

— Les jeunes gens, objecta Marthe, vivent d'ordinaire chez les grands parens.

— Je l'entends bien ainsi. Les trois cent mille francs seraient fondus dans l'année! — On vit donc avec père, mère ou tante, — ce qui n'empêche nullement d'avoir sa voiture, sa livrée, son chez-soi, — un tout petit coin, une bonbon! nière, qu'on s'amuse à meubler, à pomponner, à décorer-

— Tout cela coûte bien vingt-cinq mille francs. C'est un peu cher; mais enfin, « il le faut! » — Ce n'est pas tout.

— Allons, monsieur, vous vous divertissez à nos dépens, interrompit la vieille fille. Quelles dépenses reste-il à faire? des dîners peut-être? quelques bals?

— Vous n'y êtes pas. Quand on se marie, on ne dîne guère et on danse moins; — on s'en va.

— Et où va-t-on?

— N'importe où. On plante-là les parens, amis et connaissances; — tout cela gêne, importune! — On va vivre uniquement l'un pour l'autre, pendant six semaines. On s'étudie mutuellement, assiduement, sans distraction. On épluche réciproquement ses qualités, — jusqu'à ce qu'il ne reste plus que des défauts. On se débarrasse d'illusions qui auraient encombré le chemin. On convertit en bâillemens les soupirs de la lune de miel. — Dix mille francs pour obtenir un résultat philosophique, ce n'est réellement pas trop cher; et d'ailleurs.... « il le faut! » — Ces trois mots-là, voyez-vous, c'est le fond de la langue des salons, c'est la réplique universelle.

—Vous ne respectez rien, dit encore la pauvre Marthe, de plus en plus découragée, — pas même l'intimité de deux âmes sensibles qui veulent se suffire à elles-mêmes et oublier l'univers.

— Je ne discute point. J'établis un simple compte, forcé, obligatoire.... même quand il est impossible. Voilà, si je ne me trompe, un sixième de la dot englouti par les menues dépenses qui accompagnent les premières joies et les premiers mécomptes du mariage.—Et encore, si ce n'était qu'un sacrifice une fois fait. — Mais non. La femme qui a reçu une corbeille de quinze mille francs doit avoir cinq mille francs par an pour sa toilette, un personnel de service nombreux et cher. — Vient ensuite l'entretien d'une jeune famille; chaque bonheur est payé au poids de l'or....

— Le bonheur!... payé trop cher!

— Il y a bonheur et bonheur. — Je vous fais seulement observer que l'homme qui a épousé trois cent mille francs ne peut mériter l'éloge d'avoir trop bien calculé. Etant garçon, il vivait largement avec douze ou quinze mille livres; marié, il va tout au plus végéter honorablement avec les douze mille cinq cents livres en plus qui lui restent sur la dot de sa femme.

— Vous exagérez les dépenses.

— Au contraire. Mes calculs sont on ne peut plus modestes. De pareilles exigences sont même si communes aux dots de cent mille francs que, sans l'extrême modération de mademoiselle votre nièce, mon budget, en prévision du mirage, eût dû se régler sur un revenu fantastique de quarante cinq mille livres ; les recettes sont de droit et de devoir masculin ; la femme se borne au dévoûment : — tripler certaines dépenses, n'est-ce pas honorer son mari en donnant bon air à sa position et à sa fortune?

— Vous ne connaissez pas les femmes, murmura Marthe. Quand elles aiment, elles ne comptent plus avec les sacrifices ; un cœur qui les comprend leur suffit...

Cette dernière phrase, expression déjà affaiblie d'une conviction ébranlée, se perdit dans un vague soupir : Marthe, malgré sa résistance, avait été frappée de l'évidence des calculs de Norbert.

Mme de Cerneux jeta les yeux sur la pendule, que Mlle de Varency avait déjà regardée plus de vingt fois : c'était l'heure où arrivait ordinairement M. de Sourdun.

— Je ne puis trop vous remercier, dit la comtesse à Norbert, de la preuve d'intérêt que vous avez donnée à Mlle de Varency. Elle ne vous en est pas moins reconnaissante que moi, j'en suis bien sûre...

Alix ne répondit rien.

— J'espère, mon enfant, reprit Mme de Cerneux, que vos refus ne sont pas définitifs. Vous avez trop de sens pour vous décider aussi vite.

— Je vous répète, madame, que je n'ai plus de réflexions à faire.

— Prenez garde, ma chère petite, répliqua la comtesse. N'éloignez pas sans motif raisonnable ceux qui s'approchent loyalement de vous. — Si vous alliez rester seule en route!

— C'est tout ce que je désire, répondit Alix avec un sourire forcé : l'amitié me suffira. Je compte toujours sur la vôtre, monsieur de Norbert. Je vous remercie d'avoir pensé à moi, et je vous prie de me pardonner ma sotte humeur d'aujourd'hui.

En finissant ces mots, la jeune fille, sentant que ses forces étaient épuisées, fit un léger signe à sa tante qui se leva aussitôt.

— Viens, mon enfant, dit Marthe. Mme de Cerneux nous permettra d'aller finir ce que nous avons commencé ce matin. Il nous reste une heure avant le dîner.

XVII.

La tante et la nièce remontèrent chacune dans leur appartement, où elles se renfermèrent sans échanger un mot, — Alix ne pensant qu'à retrouver un peu de calme avant l'arrivée de M. de Sourdun, — Marthe cherchant à se rendre compte de l'effet produit sur elle par la visite de Norbert.

Le positif a quelque chose de froid, de dur, de pauvre, qui est antipathique à notre nature morale. Il gâte, aussitôt qu'il les touche, nos rares et frêles bonheurs ; il flétrit les plus belles fleurs de l'âme ; il les tuerait, sous son haleine de glace, si leurs racines n'étaient immortelles.

Et cependant, à notre époque d'individualisme, chacun de nous, un peu plus ou un peu moins, a été discipliné d'une si rude façon par la nécessité! si accoutumé à se poser chaque jour la question « d'être ou de ne pas être! »—que l'on finit, bon gré malgré, par se soumettre au joug de ce positif incommode, et par n'accorder que bien peu, si peu que rien! aux vagabondages inutiles du cœur et de la pensée.

Il n'en était pas ainsi de Marthe. Restée constamment à l'écart, non seulement du positif mais du réel, Marthe n'y croyait point ; cette négation lui paraissait d'autant plus juste qu'elle ne la basait pas sur ses réflexions, mais sur l'autorité de quelques livres. Les gens qui vivaient autour de Marthe n'avaient certes aucun rapport avec le monde qu'elle s'était créé !—mais quel poids eussent pu avoir pour elle ses propres observations, exercées sur un petit nombre d'êtres vulgaires, lorsqu'une foule de personnages fantastiques étaient toujours là, écrits, imprimés, reliés, — pour démentir ces observations décourageantes ?

Rien ne pénètre plus lestement et ne se fixe plus lourdement que les mensonges des livres. Dès qu'une erreur a été lue, elle prend racine, elle trace, elle court, elle s'étend, elle se loge dans toutes les cases intelligentes du cerveau, — si bien que ce pauvre cerveau succombe souvent à la peine, quand il veut se débarrasser de cette végétation envahissante.

Et l'erreur n'est pas sobre de victimes ; non : elle en est affamée ! Sur mille adolescens, échappés de l'école, neuf cent quatre-vingt-dix-neuf au moins mettront la main sur le volume qui ment avec le plus d'effronterie. Les mensonges en amour surtout, — ont une séduction singulière. C'est si bon d'y croire ! L'exagération en telle matière est si facilement goûtée, comprise ! La peinture d'une tendresse, à la fois ardente, bouillante et immuable, captive si fort l'imagination ! — ne fût-ce qu'en raison de la difficulté vaincue !

Hâtons-nous de dire cependant que, de toutes les chimères dont la vie humaine est entourée, celle-ci est la moins dangereuse, — parce qu'elle est, hélas ! éphémère. Il avait fallu une réunion de circonstances tout à fait exceptionnelles, une inexpérience invariablement confiante et restée toute printanière, pour que Marthe eût conservé à l'état de croyance une illusion aussi fragile.

Aussi la vieille fille trouva-t-elle très dur, non d'y renoncer, — on ne renonce jamais à une erreur agréable, — mais d'éprouver un commencement de doute, mortification qu'elle fut sur le point de subir, tant la brusque franchise de Norbert avait porté de trouble dans sa judiciaire !

Oui, Marthe faillit se demander, — elle se demanda peut-être ! — si l'odieux croquis tracé par le vieux garçon n'aurait pas quelque lointaine ressemblance avec le monde réel ? si les irrésistibles sympathies, les fidélités sans fin, les dévoûmens insatiables de sacrifices, tous ces héroïsmes dans la faiblesse, si familiers aux élus de l'amour, n'auraient véritablement jamais tenu leur place dans l'humanité qu'à l'état de phénomènes ?

On conçoit cependant que Marthe ne put se décider à se poser nettement ces monstrueuses questions. Elle se hâta de chercher un moyen-terme et s'y arrêta avec d'autant plus de complaisance qu'elle y trouvait une consolation d'amour-propre.

« Je ne me suis pas trompée, se dit-elle, non. Le monde aura changé depuis quarante ans !

Sa responsabilité ainsi mise à couvert, Marthe reprit le

fil un instant abandonné de ses réflexions: elle se mit à interroger sa conscience, et finit par s'avouer que, la société n'étant plus la même, les conseils donnés par elle à sa nièce pouvaient bien n'avoir pas eu tous les résultats que, dans l'état normal, on eût été en droit d'en attendre.

» Si j'avais pu me résoudre à lire des romans nouveaux, pensa Marthe, j'aurais mieux dirigé ma pauvre Alix. »

Une fois sur cette pente, Marthe ne s'arrêta plus. Elle se demanda si elle ne s'était pas méprise en jugeant René de Sourdun d'après des types d'un autre âge ? — Si les symptômes de la passion, dans notre société dégénérée, n'étaient pas tellement faibles qu'ils fussent à peine appréciables ? — Si la physionomie effacée de l'amour d'aujourd'hui ne rappelait pas tout au plus, et en l'amoindrissant, la vive amitié d'autrefois ?

La vieille fille s'adressa enfin une question suprême, non sans l'accompagner d'un soupir.

« René de Sourdun, pensa-t-elle avec un découragement plein d'amertume, René de Sourdun aimerait-il Mlle de Varency autant que le comportent les mœurs nouvelles ? Et... s'il en était ainsi... si l'amour vrai est désormais impossible !... n'y aurait-il pas... *sagesse !...* à se contenter d'un à peu près ?...

» Je verrai Mme de Cerneux, reprit Marthe... demain, ce soir, le plus tôt possible !... les choses ne peuvent rester ainsi ! — Je me suis chargée du bonheur d'Alix. Rien ne me coûtera pour remplir cette mission sacrée. »

Avant de descendre au salon, Marthe alla chercher sa nièce ; mais Alix, étendue sur une chaise longue, les yeux à demi-fermés, — se plaignit d'une intolérable migraine, et chargea sa tante de l'excuser auprès de Mme de Cerneux.

XVIII.

Mme de Cerneux et tante Marthe dînèrent en tête-à-tête, évidemment en proie à une préoccupation pénible, et ne ompant le silence que lorsque la politesse l'exigeait absolument. Rentrées au salon, elles prirent place, vis-à-vis l'une de l'autre, aux deux coins de la cheminée, ayant entre elles un guéridon sur lequel le café était servi. La comtesse versa du café à Marthe, — puis arrêta son regard sur les deux tasses qui allaient rester vides par suite de l'absence d'Alix et de René. Elle soupira faiblement; Marthe soupira aussi : les yeux des deux femmes se rencontrèrent.

— Alix est donc souffrante? demanda la comtesse.

— Un peu : elle est surtout fort agitée.

— J'espère qu'elle n'a point de fièvre ?

— Non..... mais elle a besoin de repos. La scène de tantôt l'a émue; la pauvre enfant ne s'y attendait pas.

— Une jeune personne comme Alix doit toujours s'attendre à être demandée en mariage.

— Ma nièce est extraordinairemen sensible. — Elle tient de moi.

— Je ne comprends pas comment sa sensibilité aurait pu souffrir aujourd'hui.

— Oh ! je le comprends, moi ! — Se voir recherchée uniquement par calcul !... indignement marchandée !

— J'avoue, ma chère demoiselle, ne trouver aucune indignité dans les propositions transmises par M. de Norbert. Je n'y vois que la preuve de l'attention, après tout fort honorable, d'honnêtes jeunes gens ;—et je ne pensais pas que Mlle de Varency, qui m'a paru longtemps aussi raisonnable que véritablement sensible, pût s'en croire offensée.

— Veuillez l'excuser, Madame. Elle souffrait déjà ce matin : il n'est pas étonnant qu'elle soit plus fatiguée ce soir. — Mais, où est M. de Sourdun ? reprit Marthe après une pause. Nous n'avons pas eu le plaisir de le voir aujourd'hui.

— Il a dû faire quelques visites.

— Vous ne l'attendiez pas ?

— Je l'attends toujours un peu ; — mais, un jeune homme oublie facilement les heures.

Un nuage passa sur le front de la vieille fille. Marthe se blessait, dès les premiers pas, aux ronces du chemin; et cependant il fallait avancer! il fallait, sans compromettre Alix, amener insensiblement la comtesse à se laisser arracher, l'aveu involontaire des sentimens de son neveu !

Marthe, qui ne se dissimulait pas les difficultés de l'entreprise, essaya de se rappeler quelque scène écrite qui eût tant soit peu d'analogie avec la situation ; — mais, ce fut en vain. C'est que la situation aussi était par trop étrange. Une héroïne user ou faire user d'adresse pour découvrir les sentimens de l'homme préféré!

Marthe, ne trouvant absolument rien dans les trésors de sa mémoire,—pourtant si riche!—eut recours aux ressources de son imagination : elle se demanda quels étaient les moyens les plus sûrs pour attaquer avec art, s'insinuer adroitement,—et surprendre, pour ainsi dire, la pensée de Mme de Cerneux, sans lui rien livrer de la sienne.

Mais cet appel à ses propres facultés n'eut pas plus de succès. La droiture native de Marthe, la simplicité méthodique de sa vie, la pureté de ses souvenirs personnels, — la rendaient complètement incapable de ce leste exercice de l'esprit qui s'appelle « adresse et habileté, » ou « ruse et mauvaise foi, » selon les résultats.

Lasse enfin d'errer de détours en détours, Marthe, cédant à l'instinct d'une curiosité qui voulait être immédiatement satisfaite, se précipita en aveugle au cœur même de la question.

« Je vais, se dit-elle, employer un grand moyen, qui ne pourra manquer de produire un effet prodigieux. »

— Madame, continua-t-elle tout haut, j'ai une grâce à vous demander.

— Une grâce! Oh! mademoiselle! répondit obligeamment Madame de Cerneux.

— Je dois bientôt retourner à Varency où me rappelle une affaire restée en suspens. Me laisserez-vous emmener ma nièce?

— Alix est parfaitement libre.

— Si pourtant il vous était trop pénible de vous séparer d'elle...

— Son absence me sera fort pénible, sans doute, surtout si elle doit être indéfiniment prolongée.

— Indéfiniment,... non. Je ne vous cache pas cependant, madame, que je désirerais garder ma nièce... quelque temps: Alix a besoin de l'air du pays. — La pauvre petite souffrira beaucoup en vous quittant, poursuivit Marthe après avoir vainement attendu la réponse de Mme de Cerneux; vous avez été si bonne pour elle! — Mais la pensée de ne pas vous savoir seule adoucira son chagrin : il vous reste...

— René. Oh! oui ; il m'aime bien. — mais si dévoué et si attentif que soit un homme, il ne peut remplacer, auprès d'une femme de mon âge, une jeune fille aussi affectueusement charmante que l'a été pour moi.... pendant longtemps, Mlle de Varency.

— Que... « l'a été?...

— Oui. Je dois vous avouer qu'Alix est fort changée depuis quelques mois. Peut-être le désir de retourner chez elle, de vivre auprès de vous, a-t-il exercé une certaine influence sur son caractère..... En ce cas, j'aurais à lui reprocher un manque de confiance que rien de ma part ne semblait justifier.

— Je vous demande pardon pour Alix, répondit Marthe, des torts qu'elle peut avoir eus. Puisqu'il en est ainsi, cependant, son départ vous laissera moins de regrets, — surtout, poursuivit Marthe en rougissant, car elle allait mentir, — surtout si ce qu'on dit est exact.

— Et... que dit-on? demanda la comtesse en regardant Marthe, qui rougissait de plus en plus.

— On dit que M. de Sourdun va se marier, et se fixer près de vous.

— Plût à Dieu! répondit Mme de Cerneux; c'est mon vœu le plus cher.

— Pourquoi n'est-il pas encore réalisé? reprit Marthe d'une voix que l'anxiété rendait presque tremblante.

— Puisque vous abordez ce sujet pénible, mademoiselle, permettez-moi de vous parler franchement.....

« Je la tiens, se dit Marthe : je vais tout savoir. J'ai menti, d'accord..... mais avec tant d'adresse!... Et, d'ailleurs, le repos d'Alix l'exige. »

— Mademoiselle, reprit la comtesse avec émotion, j'avais espéré un moment réunir et garder près de moi les deux personnes que j'aime le mieux au monde, — mon neveu.... et Alix.

Marthe fut tout à la fois ravie et déconcertée. Elle ne trouva rien à répondre que ces mots insignifians :

— Vous l'avez... désiré?

— De toute mon âme, — et je n'y ai renoncé qu'avec un profond chagrin.

Marthe allait dire naïvement :

— Pourquoi y renoncer?

Mais elle s'arrêta court. — N'était-ce pas offrir sa nièce?

Elle se contenta de hasarder ces paroles vagues:

— Ce projet cependant paraissait...

— Très raisonnable, n'est-ce pas? la naissance, la fortune, l'éducation, toutes les convenances étaient réunies.

— Oui... les convenances..., répéta machinalement la vieille fille.

— Et j'avais cru apercevoir, poursuivit la comtesse avec un sourire plein de finesse et de mélancolie, que les jeunes gens ne trouvaient pas les convenances trop dures.

Ils s'aimaient donc? s'écria Marthe avec une exaltation mêlée de crainte.

— Ils semblaient se plaire du moins, — et j'espérais davantage.

Il se fit un nouveau silence que Marthe rompit la première.

— Comment ce projet n'eut-il pas de suite? dit-elle avec un trouble toujours croissant, car elle commençait à entrevoir et à redouter la vérité.

— Je n'en sais rien, répondit Mme de Cerneux. Comme je vous le disais tout à l'heure, le caractère de votre nièce changea brusquement; il devint inégal, inquiet: Alix passait de la gaîté à la tristesse, de l'irritation à la bouderie, — sans motif apparent.

— Irritable! boudeuse! elle qui était la douceur même!

— C'est précisément cette altération d'humeur que je ne pouvais m'expliquer. — Mes tentatives pour regagner la confiance d'Alix furent infructueuses. Votre nièce se montrait tour à tour à mon égard froide et contrainte, ou gracieuse et caressante, — capricieuse toujours! — Elle semblait tenir surtout à éloigner mon neveu.

— Et?.... articula Marthe sans pouvoir achever sa question.

— Et je crains qu'elle n'y ait réussi, répondit la comtesse d'un accent découragé.

Les derniers mots de Mme de Cerneux tombèrent lourdement sur le cœur de la pauvre Marthe. La vieille fille resta longtemps silencieuse, pendant que la comtesse, perdue dans sa rêverie, laissait tomber la conversation.

Marthe cependant, curieuse de pousser l'épreuve jusqu'au bout, reprit avec une insistance où perçait un peu d'ironie:

— Alix a peut-être réussi, sans trop de peine, à éloigner M. de Sourdun?

— Je l'ignore, et je ne cherche pas à le savoir. Mon neveu a plus de trente ans : il connaît le monde, et il a un caractère très réservé. Il se compromet peu, même avec moi, — bien que j'aie la meilleure part de sa confiance, obtenue à force de discrétion.

— Vous ne savez donc pas ?... Vous ne vous doutez même point ?...

— Mon Dieu, non. Depuis quelque temps, René sort beaucoup. Il a renoué d'anciennes relations et en a formé de nouvelles. On le recherche.

— La famille d'Augères surtout, dit résolument la vieille fille, atteignant le but, mais meurtrie et brisée par la rude course qu'elle avait faite.

— Oui, répondit la comtesse d'un air contrarié. Je puis vous avouer cela, à vous qui êtes presque de la famille,—et malheureusement aujourd'hui désintéressée dans la question.—Hélas ! oui : la marquise d'Augères m'a fait ainsi qu'à mon neveu, des avances très significatives. La marquise est aimable, spirituelle, adroite... un peu intrigante, même ! —Après tout, je ne puis lui en vouloir de ce qu'elle apprécie mon pauvre René.

— Mlle Caroline est, dit-on, charmante, reprit Marthe.

— C'est possible, et je me trompe sans doute en n'étant pas complètement de cette opinion.

— Que lui reprochez-vous donc ? demanda Marthe, dont le front s'éclaira d'un léger espoir.

— Je ne puis suffisamment apprécier Mlle d'Augères ; elle n'est pas de mon temps. Ses manières me semblent un peu étranges ; ses habitudes ne me paraissent pas précisément convenir à une femme ; — cependant je m'abstiens. Ce que nous trouvons peu convenable, nous, gens d'une autre époque, est sans doute jugé avec plus d'indulgence par la société actuelle. — Mlle d'Augères passe, d'ailleurs, pour une belle et agréable personne, et sa position dans le monde ne laisse rien à désirer.

— M. de Sourdun... fait de fréquentes visites à la famille d'Augères ?

— Je crois que ces dames sont absentes depuis quelques jours, répondit distraitement la comtesse.

Une lumière désolante éclaira aussitôt la pauvre Marthe.

« Si les d'Augères ne venaient plus chez Mme de Cerneux, c'était tout simplement parce qu'ils étaient ailleurs! »

« Si M. de Sourdun revenait depuis quelque temps chez sa tante, c'était accidentellement, — et pour remplir le vide laissé par l'absence de Caroline! »

« Plus de doute : le mariage de M. de Sourdun et de Mlle d'Augères était chose décidée, arrêtée, à la veille d'être conclue! »

Marthe, hors d'état de continuer la conversation, s'éloigna de la cheminée, et se mit à parcourir le feuilleton d'un journal, pendant que Mme de Cerneux finissait une lettre.

Une heure après, les deux femmes se séparèrent.

XIX.

Marthe dormit peu; de sa vie elle n'avait tant souffert : son amour-propre souffrait avec son cœur.

Si l'amour-propre de la vieille fille n'avait jamais connu les enivremens du succès, il n'avait jamais subi du moins les découragemens de la déception. Il n'avait même pas été compromis par le célibat de Marthe laquelle, ayant refusé dans sa jeunesse quelques timides propositions d'alliances inférieures à son rang, se disait quelquefois :

« Si on avait voulu ! »

Mais cet amour-propre devait être sinon vaincu, au moins cruellement froissé, dans la lutte qu'il eut à soutenir contre la douleur et la franchise de Marthe.

« Oui, se disait la pauvre fille avec son emphase ordinaire et une véritable angoisse; oui, j'ai fait le malheur de ma nièce! — Moi! qui appelais de tous mes vœux, sur l'unique enfant de mon frère, le bonheur, si peu goûté par moi, d'aimer et d'être aimée!... j'ai détruit ce bonheur! — C'est moi qui ai coupé en boutons, arraché, déraciné les fleurs dont se serait composée, pour mon Alix, une de ces couronnes éternellement fraîches que pose le véritable amour sur le front d'une femme! — C'est moi.

Nous ne suivrons pas tante Marthe dans ses figures de rhétorique : — elle s'y livra sans mesure, saturée comme elle l'était de cette prose coulante et incolore si légitimement comparée au jet d'un robinet d'eau tiède, — de ces vers innombrables qui suppléent, par la hardiesse de la rime, à l'énergie de l'expression et à l'éclat de la pensée.

Nous dirons seulement que ses comparaisons les plus ambitieuses ne réussirent point à rendre son émotion, — probablement parce que cette émotion était vraie.

Marthe alors ne chercha plus de phrases ; — elle pleura. ses larmes jaillirent, chaudes et amères, de la source profonde, cachée, presque obstruée chez elle, du sentiment véritable.

Marthe n'attendit pas qu'on entrât dans sa chambre pour quitter le lit. Elle s'habilla à la hâte, et passa chez Alix.

La jeune fille aussi était levée : Gertrude, qui ne l'avait quittée qu'à minuit, était revenue près d'elle dès six heures.

En voyant la pâleur de Marthe, l'expression à la fois agitée et fatiguée de son regard, le peu d'harmonie de son négligé du matin, Gertrude inquiète se précipita vers sa maîtresse, et avança un fauteuil où Marthe se laissa tomber en posant son mouchoir sur ses yeux.

Alix troublée se mit à genoux devant sa tante, et l'enlaça de ses bras, ce qui acheva d'exalter le système nerveux de la vieille fille. Aussi Marthe dit-elle à sa nièce, en déposant un baiser sur son front :

— Relève-toi, mon Alix ; relève-toi. C'est moi qui dois être à tes genoux !

— Qu'avez-vous donc ? dit Alix en échangeant avec Gertrude un regard surpris et presque effrayé.

— Pardonne-moi d'abord, reprit Marthe. Dis-moi, oh ! dis-moi que tu me pardonnes !

— Remettez-vous, ma tante ; vous me faites un mal affreux ! dit encore Alix en se relevant, et en s'asseyant à côté de Marthe dont elle prit les mains dans les siennes.

— Oh ! oui, oui, murmura la vieille fille, tu me pardonneras : tu as le cœur de ton père !

— Ah ! ça, dit Gertrude, quel mauvais rêve avez-vous donc fait, mademoiselle ?

— Ce n'est pas un rêve, soupira Marthe. — Faudra-t-il que je te dise tout, ma pauvre Alix ?

— Vous ferez aussi bien de le dire tout de suite, s'écria Gertrude : ça ne la bouleversera pas davantage, cette chère enfant ! voyez comme elle est devenue blanche !

Alix, en effet, était d'une pâleur de marbre.

Marthe prit un flacon, le respira, et le passa à sa nièce qui le posa sur une table.

— Parlerez-vous enfin, ma tante ? dit la jeune fille.

— Puisque tu es en état de m'entendre... J'ai tant de choses à te dire !...

Gertrude marcha vers la porte.

—Ne t'en vas pas, dit Marthe. Nous pourrions avoir besoin de toi ; nous sommes si faibles ! — Tu ne tiens pas à ce que Gertrude s'en aille, n'est-ce pas, ma petite ?

—Pas du tout. Est-ce qu'il y a des secrets pour Gertrude ?... presque votre sœur et presque ma mère!—Voyons, ma tante, que je sache enfin ce que vous avez à me dire, poursuivit Alix en mettant un tabouret sous les pieds de Marthe et un oreiller sur le dossier de son fauteuil.

Marthe poussa deux ou trois soupirs, embrassa de nouveau sa nièce, et rendit un compte parfaitement exact de la conversation qu'elle avait eue la veille au soir avec Mme de Cerneux.

Alix écouta sans interrompre ;—mais l'attention fébrile de son regard, qui semblait devancer les paroles de Marthe, les soudaines variations de son teint, ses brusques tressaillemens qui contrastaient avec l'immobilité de sa pose,— traduisaient bien plus vivement sa pensée que n'eussent pu le faire les mots les plus expressifs.

La vieille fille, en parlant, avait toujours évité de regarder Alix. Elle s'adressait même, par une habitude invincible, aux oreilles de Gertrude, lesquelles semblaient n'avoir eu en ce monde d'autre destination que celle d'écouter Marthe. — Lorsqu'elle eut fini, cependant, elle se hasarda à lever sur sa nièce un regard timidement interrogateur, et dit à demi-voix :

— Tu sais tout maintenant. — Me pardonnes-tu ?

Mais, à son extrême surprise, elle ne vit, sur le visage d'Alix, ni abattement ni amertume. Les yeux de la jeune fille brillaient d'un éclat suave, — et quelques larmes, pures comme des perles, descendaient avec lenteur le long de ses joues légèrement colorées.

— Me pardonnes-tu ? répéta Marthe en prenant la main de sa nièce.

Alix regarda sa tante avec une incomparable douceur, et dit seulement :

— Il m'aimait !

— Hélas ! oui, répondit Marthe, craignant que cette exclamation ne déguisât un reproche.

— Il m'aimait ! redit la jeune fille. — Oh ! ma tante, je vous remercie.

— Tu me remercies !

— Oui, oh ! oui... car, sans vous, je ne l'aurais jamais su.

— Mais, je suis cause, moi, qu'il a cessé de t'aimer !

— Ne dites pas cela, ma tante. — Vous avez tout fait pour le mieux. — Vous étiez trop loin ! — C'est moi qui ai eu tort.

Et Alix embrassa tendrement la vieille fille.

— Eh bien ! mon ange, reprit cette dernière, puisque cette pensée te fait du bien, garde-la, garde-la précieusement. René de Sourdun t'a aimée, j'en suis sûre, et... s'il épouse Mlle d'Augères... je le sens là !... il sera malheureux.

Un sourire effleura les lèvres d'Alix. La meilleure des femmes a toujours, au fond du cœur, un peu de férocité au service de l'homme qu'elle aime.

La conversation dura longtemps : Gertrude y prit une large part, et contribua, par son bon sens naturel et sa parfaite sympathie, à calmer un peu ses tristes maîtresses. Alix d'ailleurs, voulant effacer du souvenir de sa tante jusqu'au dernier vestige d'un repentir inutile, appela tout son courage à son aide pour s'oublier elle-même : elle réussit à se composer un visage presque serein; elle trouva un pâle sourire. On parla de retourner bientôt à Varency : Marthe hésitait; Gertrude conseillait d'attendre : Alix voulut absolument fixer le jour du départ.

Mais, lorsque Marthe se fut retirée avec Gertrude, la jeune fille sentit s'évanouir son énergie factice.

En vain essaya-t-elle de se rattacher à la pensée qui venait de faire battre son cœur, — de se redire :

« Il m'a aimée. »

Elle ne put trouver que ces mots, obstinément lucides, toujours les mêmes :

« Il ne m'aime plus. »

XX.

Huit jours après, on n'eût pas reconnu cette maison, naguère si doucement vivante. Les habitudes, restées en apparence les mêmes, ressemblaient à ces végétations dont on prolonge artificiellement l'existence, mais dont les heures sont comptées. A ces insignifiantes paroles tombant dans des oreilles distraites, à ces manières froidement bienveillantes dont l'irréprochable courtoisie ne déguisait pas la contrainte, on devinait qu'il se jouait, dans ce salon si calme et si élégant, le dernier acte, — la dernière scène peut-être! — d'un de ces drames intimes dont les émotions palpitantes, mais muettes, s'enveloppent d'un voile d'orgueil et de pudeur.

Ces quatre personnes, qui se retrouvaient chaque jour, semblaient n'avoir eu rien de commun dans le passé, n'attendre rien de commun dans l'avenir.

Entre la comtesse et Marthe la conversation n'avait plus d'alimens. — Les souvenirs de Varency, autrefois évoqués avec adresse par Mme de Cerneux dans le but de mettre en valeur la tante d'Alix, étaient naturellement écartés. — La vieille fille ne pouvait plus avoir recours à son thême favori, se féliciter à tout propos d'être venue rejoindre sa nièce, exprimer sur tous les tons sa reconnaissance illimitée de l'hospitalité qu'elle avait reçue.

Alix et Marthe paraissaient non seulement n'avoir rien à se dire, mais éviter le tête-à-tête, et se méfier réciproquement du son de leur voix : — l'une parce qu'elle soupçonnait constamment un reproche, même involontaire, dans un mot, un geste, un soupir, de sa nièce ; — l'autre parce qu'elle redoutait, de la part de sa tante, quelque indiscrète allusion au voyage de Varency.

Quant à M. de Sourdun, il eût été difficile de se rendre compte de ses impressions personnelles, sa parfaite convenance de manières se mettant toujours en harmonie avec le milieu où il se trouvait. On le voyait simplement prendre sa part du malaise général en homme qui sait son monde, et redoubler de réserve tont en conservant des formes exquises.

Une mélancolie terne et glaciale planait donc sur cet intérieur. Plus le temps avançait, plus ces cœurs, fermés les uns aux autres, se repliaient en eux-mêmes, — comme pour défendre leurs secrètes agitations contre le moindre signe qui eût pu les trahir.

Cette préoccupation amenant des silences indéfiniment prolongés, Mme de Cerneux avait essayé de remplacer la conversation par la lecture, choisissant de préférence des sujets dont l'intérêt ne dépassât jamais le lendemain.

Un journal ayant rapporté quelques détails biographiques sur un homme dont le nom avait eu jadis quelque retentissement, tante Marthe pria M. de Sourdun de lire tout haut.

Il y avait là dedans de l'amour, de la haine, du crime, de la vertu, — un peu de tout. C'était une de ces réalités qui ont la maladresse de nuire aux inventions les plus ingénieuses.

Tante Marthe, oubliant un instant ses soucis personnels, ne put se défendre d'une curiosité passionnée.

— Que c'est intéressant! dit-elle. Quand aurons-nous la fin?

— Dans huit jours, répondit M. de Sourdun, sans quitter le journal des yeux.

Marthe se mit aussitôt à parcourir un album, pour dissimuler l'impression produite sur elle par ces mots, pourtant si simples :

« Dans huit jours. »

Mme de Cerneux tressaillit imperceptiblement, et imprima un mouvement de vitesse inaccoutumé aux aiguilles d'ivoire de son tricot de laine.

Alix, la tête penchée sur son ouvrage, ne changea point d'attitude ; mais ses lèvres pâlirent, et le léger tremblement de sa main fit dévier sa fine aiguille de trois ou quatre fils.

C'était dans huit jours qu'on devait partir pour Varency !

Depuis cet incident on causait encore moins, — et on ne lisait plus.

XXI.

C'était la veille du départ. Mlle de Varency, lasse de plusieurs nuits sans sommeil, avait dormi assez paisiblement pendant quelques heures. Elle se réveilla au chant matinal d'un moineau, lequel, abrité sous les branches d'un sapin, prenait le soleil trompeur d'un beau jour d'hiver pour l'annonce du printemps.

Alix fut sur le point de s'abuser comme l'oiseau. Elle ouvrit les yeux, appuya son coude sur son oreiller, sa tête sur sa main, et sourit vaguement à ce rayon qui traversait sa chambre en scintillant, comme une traînée de poudre d'or.

Pendant quelques minutes la jeune fille crut respirer les parfums qui lui rappelaient ses meilleurs souvenirs : — tantôt les suaves émanations de son verger de Varency, — tantôt l'odeur des acacias qui voilaient le pavillon de travail de Mme de Cerneux, — et enfin les âpres senteurs de la grande allée d'arbres verts.

Mais là finirent les enchantemens de ce demi-réveil.

Qu'ils étaient loin ces splendides jours d'été dont les heures se partageaient entre la peinture et la musique, la conversation et la lecture! où Alix n'avait d'autre distraction que de prêter l'oreille au pas lointain d'un cheval, — seul bruit qui troublât la tranquillité solennelle de la longue avenue!

Depuis, hélas!...

Brusquement assaillie par mille pensées douloureuses, Alix allait encore noyer de pleurs ses pauvres yeux fatigués, lorsqu'elle arrêta son regard sur un crucifix placé vis-à-vis d'elle. — Obéissant alors à ses pieuses habitudes, elle quitta son lit, passa un peignoir, et s'agenouilla. Ses larmes, il est vrai, coulèrent encore ; — mais elles rafraîchirent ses paupières au lieu de les brûler.

Il est si bon de prier quand on souffre! de prier à genoux, les mains jointes, la tête basse, le cœur soumis!—C'est alors, alors surtout, qu'on sent irrésistiblement se resserrer le lien qui unit la créature à Dieu, la souffrance à la pitié, la faiblesse à la force, l'amour à l'amour.

Alix pria donc, et se releva plus calme. Elle courut chez sa tante, qui venait de s'éveiller, et l'embrassa en souriant.

— Te voilà, chère petite, dit Marthe en regardant la jeune fille avec une joie inquiète et timide. Il me semble que tu vas mieux ce matin?

— Oh! oui, bien mieux. J'ai dormi. J'ai rêvé de notre cher petit coin où nous allons être toutes deux si tranquilles.

— Comme tu es bonne, pauvre cher ange! Tu me dis cela pour....

— Laissons le passé, ma tante. Je suis forte : ne m'ôtez pas mon courage. Il faudra causer aujourd'hui dans le salon..., redevenir aimables ; — car enfin, nous devons nous quitter..., Mme de Cerneux et nous..., en bons termes, n'est-ce pas ?

— Sans doute, et je te seconderai sans trop de peine. — A ne te rien cacher, je ne puis plus vivre ainsi : ces interminables silences m'étouffent,—surtout depuis qu'on a supprimé les lectures en commun.

— Pauvre tante ! que je vous ai fait de mal ! — Mais, pardonnez-moi : tout ceci va finir, et... dans quelque temps...

« Nous aurons tout oublié. » voulait ajouter la jeune fille ; — mais ses lèvres crispées et tremblantes ne purent achever le pieux mensonge.

Alix se hâta de sonner Gertrude, et rentra dans sa chambre pour s'habiller. — Jamais elle n'avait mis tant de soin à sa toilette,

XXII

M. de Sourdun arriva vers deux heures. Mlle de Varency était seule dans le salon, debout près d'une jardinière, s'occupant à débarrasser un camélia des fleurs trop largement épanouies.

Au léger bruit que fit la porte en s'ouvrant, Alix tressaillit, et sentit une rougeur de feu couvrir son visage ; — mais, refoulant cette émotion indiscrète avec autant d'énergie que de bonheur, elle fit deux ou trois pas à la rencontre de René.

Le jeune homme la salua courtoisement, puis arrêta les yeux sur elle pendant quelques secondes.

Alix portait cette même robe, d'un gris chatoyant, choisie, on s'en souvient, par M. de Sourdun ; — ses cheveux étaient à demi-cachés, vu la rigueur de la saison, sous une aérienne coiffure de dentelle d'où s'échappaient deux nœuds flottans, d'un rose pâle.

Mais Alix ne devait pas uniquement le charme tout nouveau répandu sur sa physionomie à cette toilette qui lui seyait admirablement. Si les traits de la jeune fille, ces traits dont chaque délicatesse répondait à quelque délicatesse exquise de l'âme, semblaient resplendir d'un éclat idéal, — c'est qu'ils avaient été effleurés par la tristesse. Pour que la beauté soit complète, il faut que l'esprit ait pensé, — que le cœur ait souffert.

M. de Sourdun s'avançait lentement vers la jardinière fleurie, non sans jeter de temps à autre un regard sur Alix.

Décidée à sortir victorieuse de cette épreuve suprême, Mlle de Varency regarda fixement, à son tour, M. de Sourdun, et lui dit avec un enjouement plein de courage :

—Vous me trouvez fort occupée, monsieur; mes pauvres camélias veulent absolument mes derniers soins. Permettez-moi de continuer ma tâche.

— Laissez-moi vous aider, mademoiselle. Vos arbustes sont vraiment admirables.

— Je les ai toujours soignés tendrement.

— Vous les aimiez?

— Beaucoup.

— Et vous les quittez!

— Une autre me remplacera auprès d'eux, répondit Alix après une pause.

— Ma tante aime les fleurs, dit René; mais elle ne les comprend pas si bien que vous.

— Ce n'est pas de Mme de Cerneux que je veux parler, répliqua la jeune fille paraissant continuer son travail avec une attention minutieuse, tout en arrachant deux magnifiques boutons au lieu de deux fleurs fanées.

Il y eut encore un silence; puis Alix reprit :

— Celle qui prendra ma place dans ce salon, aimera probablement les fleurs autant que je les aime, et avec plus d'intelligence.

M. de Sourdun ne répondit rien.

Alix, essayant alors de donner à son regard une calme assurance, démentie par la fiévreuse rapidité de ses paroles, dit encore:

— Je suis heureuse de savoir que madame votre tante, — une seconde mère pour moi! — ne restera pas longtemps seule après mon départ...

René continua de se taire.

— On dit, monsieur, poursuivit Alix, que vous pensez à donner bientôt une nièce à Mme de Cerneux?

— Ce serait du moins mon désir le plus vif, répondit enfin M. de Sourdun.

La jeune fille sentit un nuage voiler ses yeux. Elle appuya une de ses mains sur la table qui supportait les arbustes, tandis qu'elle laissait errer l'autre au hasard parmi les branches.

Mais elle s'était juré d'être courageuse jusqu'au bout.

— Vous ne pouvez douter, ajouta-t-elle, de la part que je prends à votre bonheur, — car le bonheur de Mme de Cerneux dépend du vôtre.

— Serait-ce donc là le seul motif qui me donnât quelque droit à votre intérêt ?

Cette fois ce fut Alix qui ne répondit point. Maîtrisant, avec une obstination inflexible et une singulière cruauté, les émotions qui menaçaient de la trahir, elle reprit aussitôt :

— Celle que vous avez choisie, monsieur, réunit probablement toutes les grâces, toutes les qualités ?

— Je ne saurais vous répondre impartialement, mademoiselle.

— Essayez toujours. Je me fais d'avance une fête de connaître la nièce de Mme de Cerneux.

Ici la jeune fille, qui se soutenait à peine, se méfiant décidément de ses forces, pencha sa tête vers les branches inférieures des arbustes; puis elle continua la conversation en affectant un ton railleusement curieux.

— Je suis sûre qu'elle aime les fleurs? dit-elle.

— Passionnément, répondit René.

— La musique?

— Elle la comprend.

— La peinture?

— Elle a un talent délicieux.

— Spirituelle? instruite? poursuivit Alix dont la voix s'éteignait.

— Très instruite, répliqua M. de Sourdun ; d'un esprit fin, distingué, charmant ;—et, malgré cela, d'une modestie, d'une simplicité adorable.

« Juger ainsi Caroline d'Augères! pensait Alix. Il l'aime donc bien!—Et ma tante qui voulait me laisser croire!... »

Chaque parole de M. de Sourdun avait pénétré dans le cœur de Mlle de Varency comme le froid aigu d'une lame d'acier ; cependant, quoique brisée par cette torture inouïe, la pauvre enfant n'eut pas pitié d'elle-même : — on eût dit qu'elle trouvait une secrète volupté à retourner le fer dans la plaie saignante.

— Je vous félicite sincèrement, monsieur, dit-elle.—Vous avez été heureux dans votre choix ; — et de plus il paraît que vous avez rencontré toutes les convenances?

— Il faut bien les chercher un peu. Il faut bien compter avec les exigences du monde ; éviter, autant que possible, les positions fausses, les soucis matériels, — tout ce qui nuit à la liberté des sentimens.

— Vous n'avez pas changé d'avis sur les mariages d'inclination, répartit Alix avec une ironie mélancolique.

— Je n'en changerai point.

— Et vous soutiendrez cet avis?

— Toujours.

— Même... devant elle!

— Sans hésiter.

— Alors, poursuivit Alix qui ne put réprimer un vague mouvement de satisfaction... alors... vous ne l'aimez donc pas?

— Je ne l'aime pas! dit René en attachant sur Mlle de Varency un de ces regards qui l'avaient troublée si souvent.

Une teinte ardemment rosée colora les joues, les lèvres et même le front d'Alix : la jeune fille baissa la tête.

— Si je ne l'aimais pas, reprit M. de Sourdun d'un ton grave et simple, ce ne serait pas un mariage de convenance.

— Ah! monsieur, vous voilà déjà en contradiction avec vous-même! répondit Alix essayant sans succès de prendre un ton légèrement railleur.

— Non, mademoiselle. Je dis seulement que si les convenances du monde sont nécessaires, les convenances du cœur sont indispensables ; — ce qui me vaudra sans doute à la fois les dédains des imaginations romanesques et ceux des esprits positifs.

— Que vous importe!... pourvu que vous ayez l'approbation que vous désirez!

— Cette approbation me serait assurément plus précieuse que tous les suffrages, — et comme je ne désespère pas encore de l'obtenir, je persiste dans mon opinion. Oui, continua M. de Sourdun d'une voix un peu voilée, mais vibrante d'une émotion profonde, choisir une femme son égale, pour sauver l'amour de l'écueil périlleux des sacrifices; la recevoir d'une famille qui vous adopte et qu'on adopte sincèrement ; la chérir comme la compagne de toutes les heures, l'amie des bons et des mauvais jours, la réalisation des jeunes rêves, la douceur des dernières pensées ; lui donner, et attendre d'elle, une affection loyale, confiante, sans réserve, telle que la demandent deux âmes qui se sentent faites pour aimer toujours! — voilà ce que j'appelle un mariage de convenance.

René se tut, et Alix écoutait encore. La triste jeune fille, bercée par la mélodie de cette voix bien-aimée, avait presque oublié la situation poignante et bizarre qui lui faisait tant de mal et la captivait irrésistiblement.

Rappelée enfin au sentiment de la réalité, Alix dit, d'une voix si faible qu'on devinait plutôt qu'on n'entendait ses paroles :

— Je n'ai rien à répliquer, monsieur.

Mais presque aussitôt, irritée de cette défaillance à la fin même de la lutte et quand elle espérait avoir remporté une victoire décisive, elle se ranima : ses yeux brillèrent d'un éclat fébrile ; sa respiration devint courte et précipitée ; un sourire, plus navrant que le sanglot étouffé dans sa poitrine, plissa ses lèvres sans couleur ; elle étendit une main vers les arbustes, et, de cette main si frêle, brisa, avec un mouvement sec et nerveux, une magnifique branche de camélia, qu'elle présenta à M. de Sourdun.

— Voilà mon souvenir pour votre fiancée, dit-elle : veuillez le lui offrir de ma part, et lui exprimer tous mes vœux.

— Je n'ai pas encore le droit d'exprimer les miens, répliqua René en reculant d'un pas, et devenu plus pâle que Mlle de Varency. Ces fleurs, venant de moi, ne seraient peut-être pas acceptées.

— Gardez-les en attendant, monsieur ; elles vous rappelleront la meilleure amie de votre tante... presque sa fille... un peu votre cousine, poursuivit-elle avec un sourire forcé et en tendant de nouveau la branche à M. de Sourdun.

René prit la branche, et retenant la main d'Alix :

— Je vous remercie, mademoiselle, dit-il, — et votre bonté m'encourage à vous adresser une prière...

Mlle de Varency leva les yeux, mais sans avoir la force de formuler une question.

— Si les fleurs que vous m'avez chargé de remettre..... n'étaient pas accueillies ?...

— C'est impossible, dit Alix, qui rougit aussitôt de sa naïveté.

— Si cela était, pourtant! s'il fallait renoncer à mes espérances! me retrouver seul, bien seul! après avoir rêvé le bonheur à deux!... Je souffrirais trop, peut-être, pour ne pas essayer d'échapper à moi-même, de chercher de lointaines distractions...

Par un de ces phénomènes du cœur, si fréquens et toujours inexplicables, Mlle de Varency oublia tout, pour ne penser qu'à cette absence indéfinie dont M. de Sourdun laissait entrevoir la possibilité. Une nuit plus sombre sembla se faire autour d'elle.

— Vous quitteriez Mme de Cerneux ? dit-elle précipitamment.

— A quoi lui servirait ma compagnie? Nous ne saurions que nous attrister ensemble ! — Je voyagerais,... loin,... longtemps ! — Mais alors, mademoiselle, j'oserais vous demander une grâce. — Dès que votre présence ne serait plus indispensable à Varency, seriez-vous assez bonne pour revenir ? pour rester auprès de ma tante jusqu'au moment... où une nouvelle famille aurait le bonheur de vous posséder ?...

La mélancolie passionnée qui accompagnait ces derniers mots, attendrit Alix au point de lui faire perdre le peu de courage qui la soutenait encore.

— Vous ne répondez pas, mademoiselle. Un mot seulement. Promettez-moi de revenir.

Alix couvrit son visage de ses mains, comme pour retenir de force les larmes près de couler.

— Pourquoi, dit-elle enfin d'un ton de reproche douloureusement amer, pourquoi parlez-vous de l'isolement de Mme de Cerneux, puisqu'il dépend de Mlle d'Augères de prévenir cet isolement ?

— Mlle d'Augères ! dit René avec une franche surprise.

— Oui ! monsieur, oui, Mlle Caroline d'Augères. Votre mariage avec elle...

— Qui peut me prêter ce bonheur, — très appréciable assurément, — mais que je n'ai jamais ambitionné ? reprit en souriant M. de Sourdun ?

— C'est le bruit général.

— Mlle d'Augères est sans doute une personne très remarquable; elle possède, à un degré peu commun, presque tous les talens des deux sexes; elle est fort entourée, admirée, admirable ! — mais, franchement, elle aurait tort de sacrifier à un mari les innombrables adorations qu'elle mérite à tant de titres ; — surtout à un mari assez simple pour ne vouloir aimer que sa femme, et pour espérer d'elle un retour exclusif.

— Quoi, monsieur ! dit Alix dont les larmes, séchées soudain comme une ondée de printemps, ne laissaient plus de traces, vous avez oublié le dîner... la romance... le bal... la chasse... le déjeuner ?...

— Comment se souvenir d'un dîner ennuyeux ? d'une romance chantée faux ? d'une chasse où il y avait des toilettes, des chevaux, des femmes,... un peu de tout, excepté du gibier ? d'un déjeuner de famille dont on ne se reconnaissait pas le droit de gêner les épanchemens ?... — Je ne me souviens que du bal, ou plutôt... acheva René en regardant Alix... d'une seule contredanse.

Un incarnat très vif se répandit sur les joues de la jeune fille.

— Serait-il vrai ? murmura-t-elle.

Un bruit de pas se fit entendre. La porte s'ouvrit doucement, et livra passage à tante Marthe et à Mme de Cerneux.

L'une et l'autre jetèrent un regard sur Mlle de Varency et sur M. Sourdun. Tante Marthe glissa rapidement, dans l'oreille de la comtesse, ces mots :

— Ils allaient se parler !

A quoi Mme de Cerneux répondit, comme un souffle :

— Ils se sont parlé !

Puis les femmes échangèrent un heureux sourire, et s'avancèrent vers les jeunes gens qui venaient à leur rencontre.

— Quoi ! monsieur, dit Marthe, déjà ici !

— Est-ce un reproche ?

— Non, non. Vous êtes au contraire fort aimable en nous donnant le plus possible de la journée.

— Et très heureux de ne pas en perdre une seule minute.

— Quel charmant bouquet ! reprit Marthe, en indiquant la branche de camélia restée dans la main de René.

— Mais,... répondit M. de Sourdun,... que je n'ai pas le droit d'offrir.

— A qui serait-il destiné ?

— Me permettriez-vous, mademoiselle, de m'en reposer sur votre choix : dit M. de Sourdun en donnant la branche a tante Marthe, avec un geste si gracieux que la vieille fille se dit en soupirant :

« Qu'il est bien ! — Et comme il ressemble à son père ! »

Marthe demeura un instant pensive. Elle essayait de se mettre à la hauteur de son rôle.

« Oui, se disait-elle, pendant que René la regardait d'un air suppliant ; oui, tout ceci est au mieux. Où mon Alix trouverait-elle un plus charmant cavalier ? — Ils s'aiment depuis peu de temps... six mois au plus !... mais l'amour est si changé !... — Allons, puisque leur sort est entre mes mains, ne faisons plus attendre ces pauvres enfans. »

Et Marthe, la paupière humide et le sourire attendri, tendit les fleurs à sa nièce.

— Prends-les, dit-elle ; *il* est digne de te les offrir !

Alix se pencha vers Mme de Cerneux.

— Voulez-vous garder votre fille ? lui dit-elle tout bas.

La réponse se perdit dans un baiser maternel.

Sans se dégager des bras de la comtesse, Alix pris la branche de camélia d'une main si tremblante qu'elle faillit la laisser tomber.

— Merci, dit M. de Sourdun en serrant la main de tante Marthe. Grâces à vous, je suis enfin compris !

— Que ne vous laissiez-vous deviner plus tôt ?

— J'y épuise en vain, depuis six mois, mon peu d'intelligence et d'adresse.

— Depuis six mois ! s'écria Marthe avec ravissement. Vous l'avez donc aimée au premier coup d'œil ?

— Peut-être même auparavant. — Ma tante écrit si bien.

— Ainsi, madame, dit Marthe à la comtesse d'un ton de gracieux reproche... vous soupçonniez tout... et vous n'usiez pas de votre influence sur ma pauvre Alix ?

— La plus discrète influence est toujours une contrainte, répondit Mme de Cerneux, et je connaissais assez René pour être sûre qu'il ne voudrait devoir Mlle de Varency qu'à elle-même.

Tante Marthe resta un moment rêveuse ; puis s'adressant à sa nièce :

— Tu le vois si j'avais dit vrai ! si le silence n'est pas le meilleur moyen de se faire comprendre !

— Pourvu qu'il ne dure pas trop longtemps, répondit Alix.

Et arrêtant sur René un regard plein d'amour, de malice et de reproche, elle lui abandonna sa main que le jeune homme pressa tendrement en la portant à ses lèvres.

FIN.

www.ingramcontent.com/pod-product-compliance
Lightning Source LLC
LaVergne TN
LVHW012018220826
846092LV00001B/393
* 9 7 8 2 3 2 9 7 5 6 0 9 7 *